U0723491

FLORET
READING

小花阅读

我们只写有爱的故事

青春阅读　幸得相见

大鱼

有爱的青春陪伴者

你别笑了,我会心动

呦呦鹿鸣 ◎ 著 ▼

KEKEXILI

河北出版传媒集团

花山文艺出版社

河北·石家庄

呦呦鹿鸣

小 花 阅 读 签 约 作 者

跳脱豪气的双子女，
喜欢家人朋友全在身边的热闹喜庆，
也偏爱独处时的安宁与肆意。
向往终有一天，猫狗双全、环球旅行。

已 出 版

《暗恋的那点小甜甜》

《别怪我无理取闹》

《喜劫良缘》

KEKEXILI

目录
contents

KEKEXILI

目录
Contents

KEKEXILI

POST

Chapter 01 ♥

这人不知道是缺心眼儿，
还是天生的交际花

1

"一小时三百块？"对面那人挑了挑眉，仿佛有些不可置信。

"是的，柏先生，我想我值这个价。"

端着咖啡的侍者走过来，正好听到这位身穿藏蓝色针织长裙的女士说出这话，不由得浮想联翩，险些没端稳手中的托盘，幸亏多年打工形成的条件反射让他及时回神。

侍者勉强端正了脸上的神色，将手中的咖啡一一放置在这对男女面前，一双耳朵却高高地竖起，想听听这段暧昧对话的后续。

只见那长鬈发的女人伸手端起白瓷杯抿了一小口，眉心短暂地皱了皱。

那个"柏先生"将桌上的一碟方糖推到女人手边："加几块？"

看来还是个体贴的恩客。

侍者忍不住心想。

侍者不能久待，只能抱着满心的好奇遗憾而去，走之前还听到那女人用一种严肃又正经的语气道谢，叫了一声"柏先生"。

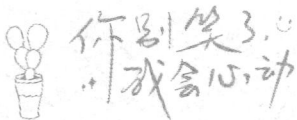

"柏先生。"董西拈了几块方糖扔进咖啡里。

她一向嗜甜畏苦，刚刚那一口咖啡喝下去，差点儿没让她把胆汁给吐出来。

她用银质小勺搅了搅手中的咖啡，礼貌地道："摄影这行报价不一，水平也各有高低。我的水平，绝对配得上我给出的这个价格。您要是觉得不合适，我这就……"

一句"告辞"还没说出口，对面的人就迫不及待地打断她："成，一小时三百块，可以。"

闻言，董西放下手中的小勺，挑了挑眉，忍不住想抱住双臂。

这是她的习惯性动作，每当她疑惑不解，或者是心情不虞的时候，总会做这么一个动作。

她的小助理美缘老是跟别人说，西姐交叉双臂一脸冷酷的样子，像极了自己读书时害怕的那个每天风雨无阻守在学校门口抓校纪校风的教导主任，一脸正气，满身肃杀，让人恨不得当场就给她跪下表演一个痛哭流涕。

显然，现在的董西心中满满的都是疑惑。

原因无他，这位名为"柏松南"的先生，实在是太不同寻常了。

之前，他用那么难以相信的语气反问她"一小时三百块"，很明显是对她的收费心存不满。

　　董西做旅拍摄影师做了这么久，这样的人也是时常碰到，基本上都是嫌董西报价高了，希望她可以降一点。但她也是技高人胆大，往往就是一句不留情面的"不好意思，我就这价"回过去，导致最后双方不欢而散。

　　可这位柏先生却只在最开始表现出了一丝惊讶，之后很快就接受了这个价格，这实在是太出乎董西的意料了。她又忍不住动了动手臂，但在别人面前交叉双臂的动作实在是太过失礼，她暗自掐了把自己的虎口，才勉强镇住这份蠢蠢欲动。

　　"您要不再考虑考虑？"董西斟酌着开口道。

　　这当然不是因为她不想赚钱，有钱不赚她是傻了吗？只不过她是旅拍摄影师，追求的是自然野性美的流露，很少在棚里规规矩矩地拍摄。之所以来谈这场生意，也是因为受她的好朋友贺维所托。

　　贺维是个美食博主，粉丝加起来数一数的话，多少也算是个小网红。平日里就喜欢拍些探店的视频，最近她刚好发现了一家奶茶店，店里的奶茶初尝就让她赞不绝口，店里老板的气质更是让她满眼红心。于是，这家奶茶店就一跃成为她的"最新宠儿"，还是每天都要打卡的那种。

　　柏松南便是这家奶茶店的老板，因为奶茶店最近需要换宣传照，常用的摄影师又即将临盆没办法参与拍摄，就一直搁置了下来。贺维

你别笑了，我会心动

哪能看到她的老板，啊不对，是她喜欢的奶茶店发生这事呢，于是就以"我有一姐们儿专搞摄影"的借口给一手包揽了下来。

董西从非洲一回来，就被贺维单方面通知了这事儿。董西迫于贺维的死缠烂打不得不答应，但又实在不是很想拍，只能妄想靠说动对方拒绝拍摄这条计策来曲线救国，也好歹算是给贺维一个交代。

然而，柏松南却不打算如她的意。

男人在这隆冬时节里，也只穿了件夹克和牛仔裤。本来是一个十分随性的直男搭配，却因为整个人身高腿长，一点也不显得土矬，反而有种张扬的帅气，坐在咖啡厅的小椅子上，就跟一座小山似的。

许是因为店里的暖气开得太过充足，他还撸起了半截袖子，露出衣服底下的一段手臂，小麦色。再往下，青筋交错，是很有力量的一双手。

透着股雄性自带的美感，董西的视线情不自禁被那双手给吸引走，又被手主人的一句话拉了回来。

"不用考虑了，你要不满意，还可以加价。"柏松南望向董西，提议道，"四百块怎样？算了，这数字不吉利，五百块吧？"

他神色认真，不像是在开玩笑。

董西再三确认，这人大概就是传说中钱多没处使的冤大头吧。她扯了扯嘴角："不用了，三百块就行，那我什么时候去您店里看看？"

"现在就……"他放在桌上的手不自然地紧了紧，垂下眼帘，又改口道，"后天，可以吗？"

董西微一颔首："可以。"

坐在对面的柏松南笑了一下，这一笑，竟露出了一颗与他的五官和气质都极不相称的虎牙，稚气又可爱，冲淡了他那因为过于凌厉的五官带来的凶悍感。

"那……董西，合作愉快。"

董西不经意地皱了皱眉，她不喜欢别人叫她董西。

因为这名字取得巧妙，与"东西"二字音调十分相近，以前上学时就老是有调皮的同学不正经地"东西东西"地叫她。幼时的自尊心向来都是强烈的，她为此据理力争过很多次，但这一争，势必就会牵扯出一连串"我不是东西""我是人""人也是东西"等诸如此类的毫无营养的废话。

这种事发生得多了，她也就讨厌起自己的名字。熟悉的人都知道她这雷区，从来都是"西西""西姐""小西""西儿"这样叫她，不熟悉的人也就客气地道一声"董小姐"。等到后来父母离了婚，她跟母亲改姓"关"，就更没有了名字谐音带来的困扰。

可没想到面前这人，今天一看到她，就破天荒先来了句"董西"，直听得董西眉毛打结。也不知道贺维怎么就把她的曾用名告诉了柏松南，而且这人委实有些……自来熟。

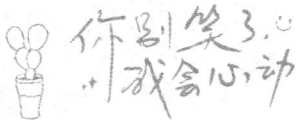

你别笑了，我会心动

她和柏松南从未见过，按道理也还没熟到可以直呼姓名，他却莫名其妙叫了她"董西"。董西只能说这人不知道是缺心眼儿，还是天生是朵交际花。

看他这眉眼，瞅着也不像，就算是朵花，那也该是一朵霸王花。

董西按下心中的不满，得体地说："柏先生，那我们今天就先谈到这里吧。后天早上九点，我会去你的店里考察。"

一句话里，她还特意给"柏先生"三个字加了重音，希望柏松南也客客气气回敬她一声"董小姐"，然而男人却像是一身的营养全用来长个子了，半点没匀给情商，完全没有体会到她的言外之意。见她拿过椅背上的黑色大衣，他还连忙起身道："我送你吧。"

董西冲他扬了扬手中的钥匙："不用了，柏先生，我开车来的。"

站在灯光下的柏松南愣了愣，半晌才点了点头，说道："哦。"

他呆呆的样子，让董西不自觉地想起了曾在非洲草原上见过的一只幼年非洲豹，懵懵懂懂，笨拙又可爱。

2

贺维接到董西电话时，那头正放着震耳欲聋的音乐，动感的节奏再加上 DJ 时不时来的一句喊麦，让人毫不费劲就能猜到董西是在

酒吧。

贺维还以为是自己这几天太忙了，竟然连幻听都给忙出来了。她赶紧把手机拿远，确认了一眼来电显示，欸，没错呀。

要知道贺维是个网红，平时一起约去酒吧的朋友已经占据了通讯录的半壁江山，接到这样的电话也并不奇怪。可这个电话竟然是董西打来的，董西啊，那个当初在高中毕业散伙饭上，仅仅一杯酒下肚，就满脸起红疹，酒精过敏的董西啊！这实在是太让人不可思议了。

等贺维火急火燎赶到苏荷时，董西正坐在吧台边的高脚椅上，手指轻叩杯口，一双腿又直又长，交叠在一起，优雅又性感。一拨又一拨的狂蜂浪蝶上前搭讪，可董西只是单手支颐，并不理会。有些色气上头的男人趁着酒意大胆地来摸董西的手，被董西猛地一扭，疼得面目狰狞，立即吼出杀猪般的叫声，连 DJ 的喊麦声都给盖了过去。

贺维在远处瞧见这一幕，当即就"嘶"了一声，觉得自己的手都在隐隐作痛。看来她这位好姐们儿还没成为一摊烂泥，来酒吧大概只是为了应个景儿，没想着真喝。

贺维连忙拨开重重叠叠的人群，往董西那边赶去。

这时，董西和男人已经被赶过来的酒保和经理分开了，但男人的手已经被董西扭得青紫。男人抱着手暴跳如雷地吼着："你是什么女人？力气这么大？我今天非得……"

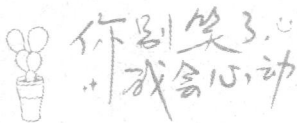

你别笑了
我会心动

话没说完他就要去扯董西，被身边的人好说好歹地拦住了。

董西依然淡定地坐在椅子上，像看傻子一样看着他。

那男人被董西激得越发肝火旺盛，一连串脏话飙出口，眼看着又要动手来拉董西，被及时赶到的贺维一把拦住。

"哥哥，哥哥，别别，她喝醉了，别和她一般计较。"贺维赔笑道。

旁边的人也来七嘴八舌地相劝："老哥老哥，算了算了，别跟一个女人动手动脚，伤面子。"

贺维和这家酒吧的老板相识，酒吧经理也愿意卖她这个面子，喊上酒保，众人又是拉又是劝的，半强迫地把这个倒霉男人给推走了。

送走这尊瘟神，贺维深呼出一口气，坐到董西身边，抬手让酒保小哥给她来了一杯酒。

"你在这儿做什么啊？人家拳头刚刚差点儿就挥你鼻子底下了。"

董西满脸轻嘲的神色："喊，就凭他？软脚虾一个。"她从包里拿出盒纸巾，擦了擦手，"他的手不干净。"

贺维拿过刚调好的酒，轻抿了一口，听到这句话，瞥了她一眼。

这一看，竟然看到董西拿起吧台上的酒杯喝了一口，贺维惊得差点儿从高脚椅上跳起来。她连忙截住酒杯："西西！你干吗？你可不能喝！"

站在吧台里的酒保小哥笑呵呵道："你朋友都快干掉一瓶了。"

贺维看到快要见底的酒瓶才知道大事不妙，董西这哪是来酒吧应个景儿，分明就是来喝酒的！

她连忙扳正了董西的双肩，抬起董西的头，拂去脸上凌乱的发丝，定睛一看。

凉凉。

董西原本光滑的脸蛋上，现在居然起了大片大片的红疹，一路蔓延到了脖子，像小山包一样凸起，密密麻麻的，让人看了简直要起一身的鸡皮疙瘩。

似乎是觉得有些不舒服，董西还伸出手去想要挠一挠，被贺维眼疾手快地捉住了。

"抓不得抓不得，抓就破相了，西西，你还成不？还能走……"

话音还未落地，董西就往她胸前一靠，人事不知了。

贺维："……"

这人都醉成这样了，刚刚究竟是怎么做到徒手抓色狼的啊？

在酒保小哥热心的帮助下，贺维总算把长手长脚的董西给抬到了出租车里。她催促司机，车子一路风驰电掣往中心医院开去。

董西仰躺在贺维腿上，刚刚还紧闭的双眼突然悄无声息地睁开了。

贺维半责怪半心疼地道："明知道自己酒精过敏，还喝什么？"

董西看着车顶，眨了眨眼睛，嘴唇微动，吐出一句含糊的话来。

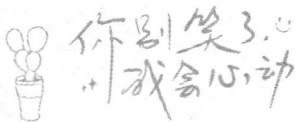

声音太小，贺维极力去听，才听见她说的是"没醉过，就想醉一次"。

夜已深，霓虹闪烁，街边路灯发出的暗光顺着车窗透进来，洒在董西醉得嫣红的脸颊上。

贺维就着这斑驳的光影，竟然看到了董西眼尾一颗晶莹的泪珠。

"西西……"她惊讶地开口。

贺维想问"西西你怎么哭了"，可话还没说出口，就觉得多余了，她知道董西在哭什么。

董西这人，是钢铁铸的筋骨，水泥凝的血肉。明明是个纤纤弱质，一米七的大个头还不足九十斤，却把自己活成了男人的样子。

刚做摄影师的时候，她单枪匹马，一个人去打拼，那么重的摄影器材自己一个人扛。等现在有名气了，她也没开个工作室，手下就一个负责修片的妹子和打下手的助理高孝。很多事她还是习惯亲力亲为，上山下海，一年到头七八个月都在外面闯荡。

这样的女人，可能会吸引男人一时的驻足欣赏，却很难得到长久的理解。

董西的前男友傅从理就是这样，追得轰轰烈烈，两人在一起三年，最后惨淡收场。

他给出的分手理由是一句"累了，想定下来"。

　　而董西，什么都可以，定下来对她来说却是一件很难的事情。她生性爱自由，向往成为四海为家、浪迹天涯的旅人。并且因为见证了自己父母婚姻的不幸福，一对怨偶等她高考过后就迫不及待离了婚，这让她对婚姻更是厌恶。

　　但所有的这些，在两人决定开始谈恋爱时，董西并不是没有讲过。

　　所以，一句"累了"只不过是粉饰太平的借口而已。

　　只是为了掩盖一个残酷的真相：哪里是"累了"？不过是"腻了"。

　　成年人的爱情，不过如此，理智得让人害怕。

　　当时的董西刚从北非回来，乍然听到这句分手的理由，只是愣了三秒，随后就轻巧地点了点头，言简意赅地说了句"成"，脸上连伤痛的表情都没有。

　　轻轻浅浅，风轻云淡，是她董西一贯的样子。

　　她哪怕是挽留一句，也会让傅从理多几分犹豫。

　　她却什么也没说，两人吃了一顿平心静气的散伙饭，就各奔东西。

　　之后这段时间，董西也很正常，拍片修片按部就班，像是什么事情都没发生过。傅从理只是她人生中一场过境的季风，时间到了，就翩然离场了而已。

　　可谁知道，她会在时隔三个月后突然流这么一滴眼泪呢？

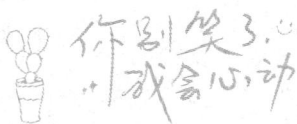

你别笑了，
我会心动

车厢里放着悲情歌，司机师傅上道地加大了音量。

"别后你走独木桥，我走阳关西……"

董西就在女生慵懒的歌声里小声哭泣。她哭也哭得压抑，哭腔凝滞在喉头，带出一个呜咽的尾音，贺维听了都鼻头发酸。

贺维本来以为董西没那么在乎傅从理，可是相识两年，在一起三年，这五年的光阴足够大漠的西风将戈壁岩石风化侵蚀，也足够将一个人的模样留在心底。到了要割舍时，那也是剜肉剔骨般的疼痛。

唉，这没出息的，你好歹在傅从理面前哭啊。他但凡要看见你这样子，绝情话是无论如何也说不出来的呀。

贺维心想。

3

董西这一喝，直接把自己喝进了医院，医生一查才发现她竟然还感冒了，脸上滚烫的温度原来不是醉的，是烧的。

贺维陪她在医院待了一晚，第二天又打了一天的点滴。

出院时，贺维才终于记起来，问："西西，你见了柏老板吗？"

董西点了点头。

贺维立马满脸八卦地凑过去问她："怎么样？帅吧？就说我没骗

你吧。"

董西回忆了一下，男人个子高大，眉目英挺，还有那一截精壮的手腕和稍显稚气的虎牙，确实当得起贺维赞不绝口的"帅气"。

贺维见董西脸上难得没有不赞同的神色，更加兴致勃勃，在董西耳边喋喋不休地说道："你看人年轻有为，才二十八九就开了一家奶茶店，人还长得帅。这年头虽然老板满地跑，但长得帅的老板可不多见。啧啧啧，那大长腿，那俏脸蛋儿……"

董西哑着嗓子面无表情地打断她："口罩给我。"

"哦哦。"

贺维反应过来，忙从包里扯出给她拿的口罩，又仔细端详了她这张星星点点可媲美夏日星空的脸，皱眉问道："你这能行吗？要不明天别去他店里了，柏老板很好说话的。"

董西拿过贺维手上的口罩往耳朵上一挂，遮住半张脸，只露出一双眼皮轻薄的凤眼，清凌凌，没有一丝波澜。

口罩下传来董西冷冷的嗓音："答应了人家，总不好反悔。"

贺维对此嗤之以鼻，董西总是有她不能理解的执拗和小坚持，认死理，自己的原则就是一堵铜墙铁壁，绝对不能打破。

譬如董西认为朋友贵精不贵多，所以这么多年，也只有她一个好友。

譬如董西厌恶婚姻盟誓，所以董西和傅从理三年感情一朝作废，

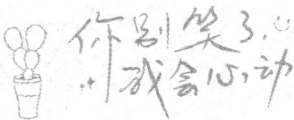

从此沦为陌路。

　　贺维看着董西沉着冷淡的脸，忍不住在心里想，会不会有一天，一向冷静自持的董西，也能碰上一个让她心慌意乱、手足无措的人呢？

　　可可西里奶茶店里。

　　柏松南"啪"的一声关上冰箱柜门，拧着眉问道："柠檬没有了吗？"

　　店长战战兢兢地站在柏松南身后，弄不清楚柏松南突然来店里翻箱倒柜找食材是什么操作，难道是来视察店里材料准备得是否齐全吗？

　　他擦了把头上的虚汗，弯着胖胖的身体恭敬答道："前几天用完了，现在冬天柠檬用得少，就没想着去进货。"

　　柏松南正抱臂靠着料理台，闻言眉心紧紧蹙起，看得胖店长越发心惊胆战。

　　"老……老板，您这是要做什么呢？"

　　"纸杯蛋糕。"

　　"啊？"店长傻了眼。

　　"纸杯蛋糕，可是没有柠檬汁。"

　　"那……要不用柠檬香精代替一下？"店长提议道。

柏松南想都没想就否决了这个提议："不行。"

"那朗姆酒呢？"

朗姆酒由甘蔗糖蜜发酵而成，口感细致甜润，较之酸涩的柠檬汁，也别有一番风味。

柏松南却摇了摇头："不行，酒不行。"

他想了会儿，最终做了决定："我去买柠檬，你在店里等着，如果摄影师来了，好好招待她。"

"要不我去买吧？"

今天店里要来摄影师，于是给职员们都放了假，关门一天。但再怎么没人，也不该由老板去跑这个腿呀？

柏松南却径直拿过放在一旁的大衣，说了句"我买"，就头也不回地出去了。

他走后，店长没等多久，就迎来了董西一行人。

董西从车上走下来，是一辆酷炫的银白SUV。与一般女性不同，相比于奥迪、甲壳虫那样娇小精致的车型，她更喜欢SUV这样的越野车型，底盘高，安全性强，也能放下体积较大的摄影器材，非常实用。

董西穿着厚厚的棉袄，脸上还戴了个口罩，身后跟着一男一女。

关上车门，董西先抬头看了一下奶茶店的招牌，店名是"可可西

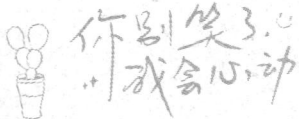

里"，她在心中默默念了一遍，只觉得是个奇怪的名字。

走进店里，店长很快迎了上来。

"您好，是董小姐吧？"

董西客气地和他握了下手："你好，我是你们聘请的摄影师，这是我的助理，美缘和高孝。"

两人微笑着同店长打了个招呼。

店长挠了挠头，不好意思地笑着说："怎么办呢？我们老板刚刚出去采购东西了，一时半会儿还回不来。"

董西左右看了看店里的装潢，随口答道："没事。"

柏松南看着人挺硬汉，没想到审美这么清奇，整个店内的设计都是粉嫩无比，看着就少女心满满。身后的美缘是个二十来岁的年轻女孩子，平素最喜欢这种公主风，此时根本克制不住自己眼里的跃跃欲试，恨不得马上坐在店内的沙发上来千八百张自拍发朋友圈，只是迫于董西的气场才暗暗抑制住自己的雀跃心思。

董西倒是不置可否，只说："你们这店还挺粉嫩的。"

店长笑了："董小姐有所不知，我们奶茶店主打的就是这种初恋风格，目的是让人一进来，就能怀念起自己曾经的初恋。"

美缘一听，掐着边上高孝的手臂小声道："好梦幻啊！"

董西倒是没觉着梦幻，只是不合时宜地想着，如果客人不止谈过

一段恋爱，那她带着现任过来，在这家店里怀念自己的初恋？这岂不是很尴尬？

但这话她不能说出来，否则美缘一定会一脸幽怨地看着她，好像在责备她没有少女心。

不过本来就是这个道理嘛，她都是即将迈入三十大关的人了，哪里还来一颗少女心呢？她的那些少女绮思，早就化作离离草原上的一把枯草，被烧得一干二净了。

店长见董西不说话了，又来问她："董小姐，您知道我们店里的宣传语是什么吗？"

董西自然是不知道的，只得摇了摇头。

店长莞尔一笑："风在可可西里，而你在我心里。"

这么旖旎的一句情话，从胖胖的店长嘴里说出来，其实是有些违和，但董西不知道怎么了，忽然觉得自己的心弦仿若被撩拨了一下，带起阵阵让人心颤的余音。

这感觉来得玄妙，连她自己都不知道因何而起，只觉得莫名其妙，没有多作细想。

美缘到底是个年轻女孩子，此时再压抑不住自己活泼爱笑的天性，叽叽喳喳道："啊！这个我知道！之前还入围了微博最美情话榜前十名。"

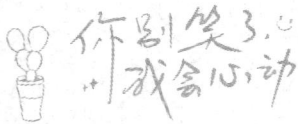

你别笑了，我会心动

店长自豪地点了点头："那可不，是我们的店长写的。"

刚一说完，就听见门口一阵风铃轻响，转过头去看，是柏松南提着一篮子明黄的柠檬回来了。

今年 Z 市的冬天尤其冷，虽然不至于下雪，气温却极低，裹挟着凛冽的西伯利亚寒流席卷而来，简直冻得人鼻子都要掉了。

这么冷的天气，大家都恨不得把脖子埋到胸口里，柏松南却依然身姿挺拔宛若一棵松树，脖子上连围巾也没系，光溜溜的，露出好看的喉结，看着就让人忍不住一阵寒战。

他拉开玻璃门，目光澄澈，视线准确地落在董西身上，薄唇微张，依然是一声熟悉又毫不客气的"董西"。

董西坐在不远处看着他，心中不禁奇怪起来，她裹得跟个熊似的，还戴着个巨大的口罩，估计她妈来了都不一定能认出她，那这位萍水相逢的柏先生，是怎么做到一眼就认出她来的呢？

而且，她又忘了问贺维为什么把她的曾用名告诉他了。

4

柏松南进到店里，店长识趣地接过他手中的那篮柠檬，走进了后厨。

董西和他打了个招呼："你好，柏先生。"

话语之间带着感冒特有的鼻音，瓮瓮的，柏松南一下子就听出来了，紧了眉心问道："你感冒了？"

董西以为他是嫌自己戴着口罩说话不太礼貌，只好把脸上的口罩拉了下来，一张遍布着星星点点的脸立即暴露于人前。

她态度谦逊："柏先生别介意，前天过敏了，怕吓着人才戴个口罩的。"

说完，她就想重新把口罩戴上，却听见柏松南说："别！"

董西望过去，只见他颇不自然地咳了一声，继而对她说道："别戴了，吓不着我，你别捂坏了。"

董西挑了挑眉，也不再坚持，毕竟口鼻不透气的滋味真的不好受。

老板到了，很多话就好说了。柏松南带着董西在店里四处转了转，高孝在后面跟着记录。

董西一边看一边向柏松南比画道："这里我将会摆上一束麦穗干花，这里会放上芦苇干花。

"冬天适合温暖明净的风格，我见过模特的照片，她的五官太过明艳，建议拍片的时候可以穿针织衫、毛线衣，以明黄、米白色为佳，妆容不要太过浓烈，淡妆即可。"

柏松南盯着董西的侧脸听得认真，还时不时地点点头。

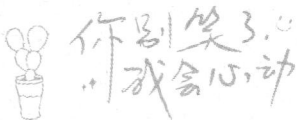

突然，董西偏头问道："你有猫吗？"

"什……什么？"柏松南被她这句没头没尾的话问得卡了壳。

"猫，抱着猫拍摄，这样拍出来的效果会更好些。"董西解释道。

"白猫可以吗？胖得像猪的那种？"

董西想了想："橘猫比较好，白猫的色彩不太饱和。"

柏松南道："那我想想办法。"

董西漫不经心地点了点头："没有也没关系。"

董西跟着柏松南四处转了转，确定该说的都说了。等高孝记录完，她打开手机一看，满意地道："明天天气很好，有太阳，你看明天中午怎样？如果可以，一个下午就能拍摄完，也不耽误你做生意。"

"没问题。"柏松南点点头。

董西收拾了下东西，同柏松南告辞："那么，柏先生，我们这就回去了。"

柏松南张了张嘴，哑然半晌，最终说道："就走吗？"

听得董西又皱了皱眉头，这人真的是自来熟吧？正事说完了她不走，难道还要留下来蹭顿晚饭吗？

她正在考虑用什么话回他，就听见他突然开口说道："留下来，吃份甜品再走吧？"

董西闻声抬头，看见柏松南垂眸望着她，眼神里……竟然含了点儿期冀？

这可真是无稽之谈了，董西怀疑自己是昨晚发高烧把脑子烧短路了，才冒出这样一个无厘头的想法。

身旁的美缘神色期待，董西也狠不下心做出克扣孩子口粮这样的缺德事，只得礼貌道："好的，麻烦你了。"

柏松南一听董西没有拒绝，露出个笑容来，对她说："麻烦等三十分钟。"

随后，他就掀开帘子进到后厨去了。

董西闲着也是闲着，干脆拿着单反相机拍起店内的陈设来。

"风在可可西里，而你在我心里"果然是这家店的宣传语，随处可见，连装奶茶的杯子上都印着这句话。

可可西里，董西知道，是横跨青海、西藏、新疆三省的一个自然保护区，天高地迥，猛禽成群，曾经是她十分向往的地方。在她大二那年，她为贺维拍摄了一组校园写真，成功把贺维捧上了校园甜美女神的宝座，她也因此赚到了自己人生中的第一桶金。拿到钱后，她做的第一件事，就是买了一张去西宁的机票。从西宁到可可西里，路途几经辗转，可当她真正踏上那片广袤的大地时，她又觉得旅途中所有的艰辛劳累，都是值得的。

一家粉嫩的奶茶店，取名为"可可西里"，有些怪异，却又透出了几分唯美。

三十分钟后，柏松南果然出来了。但尴尬的是，他只做了一份甜点，美缘和高孝面面相觑，好在店长是个有眼色的，立马端出了之前就做好的慕斯和拿破仑蛋糕。

柏松南做的是一个纸杯蛋糕，松软的戚风蛋糕上面缀着天蓝色奶油，还撒了很多彩糖针。

董西十八九岁的时候尤其钟爱这样的甜食，但随着年岁渐长，她也开始去约束自己。这样精致的小甜点，平时一个月她也只会吃两三块。

董西接过柏松南递给她的勺子，挖了一小块，刚放进嘴里，甜美的味道就在她舌尖上悄然绽放，味蕾得到了极致的享受。柏松南还在等着她的评价，她吞下口中的蛋糕，说道："好吃。"

他露出个笑来。

董西最终还是破戒了，一个纸杯蛋糕被她吃得干干净净。她已经很久没有吃到这么美味的甜点了，她想她终于知道为什么早已吃遍大江南北的贺维这么推荐这家奶茶店了。

吃完甜点，董西一行人正式告辞。走之前，柏松南还送了他们一人一份奶茶店的特色茶包。

　　可可西里奶茶店的包装袋十分有特色，除去宣传标语外，还有一个非常可爱的 Logo，是一个短发女孩儿吸奶茶的模样，她吸得用力，脸都变形了，脸颊向内凹进去，嘴唇几乎噘成了鱼嘴的形状。

　　和他们的宣传语一样，怪异又可爱，不知道背后有什么来由。

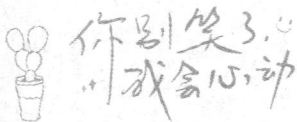

你别笑了，
我会心动

KEKEXILI

POST

Chapter 02 ♥

我没把你的曾用名告诉他啊

1

第二天下午，果然是个阳光普照的好天气。人们常说摄影三分靠技术，七分靠光影，而有的时候自然光远比补光灯打出来的光要清透。寒冬腊月里，碰上一个晴朗天可不容易，所以只能说柏松南运气是真的好。

董西将车开到可可西里奶茶店门口时，柏松南已经等候她多时。

也许是为了拍照方便，她今天穿得很休闲，上身是一件军绿色派克外套，内搭米白色粗麻花毛衣，下身则是一条烟灰色的牛仔裤，脚上还套着双黑色小牛皮中筒靴，靴口收得紧紧地，勾勒出细细的小腿肚，从车上下来时，一双腿笔直纤细，煞是惹眼。

柏松南走到她面前问："吃过午饭了吗？"

董西点点头，表示自己吃过了。她绕到车子后面，打开后备厢，里面满满的都是摄影器材。

柏松南刚想去帮她，却见她径自一手提起了三脚架，一手拎着相机，连眉头都没皱一下。

美缘看他脸上的表情太过惊讶，笑着打趣道："怎么啦，柏老板，

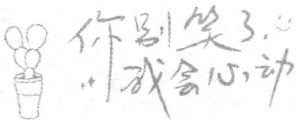

被我们西姐吓到啦？哈哈哈，你别惊讶，她可是翻过喜马拉雅山的女人呢，哈哈哈哈哈……"

还没等她"哈"完，柏松南就大步跨上前，接过了董西手中沉重的设备。董西似乎是有些惊愕，但也没说什么，耸了耸肩，又折回来继续拿其他的东西了。

等把所有的东西都布置好后，距离和模特李清溪约好的时间已经过去半小时了。

李清溪是个小网红，半年前因为拍摄了一个小视频一炮而红，长得浓眉大眼、俏鼻小嘴，因为酷似范冰冰，所以在网上还得了个"小冰冰"的称号。

柏松南开奶茶店开得佛系，他总觉得一家奶茶店有吃有喝就可以了，没必要去搞宣传营销。所以连当初选店址时都没考虑过入驻商场，而是选择开在一条老旧居民街里，像是要亲身印证"酒香不怕巷子深"这个人间至理。

他是随性而为，奈何有个好管闲事爱凑热闹的妹妹。他妹妹赵敏敏觉得他把店开在老街坊，来来往往的都是些接送孙子上下学，或者遛遛狗跳跳舞的老头儿老太太，那不出三个月绝对会倒闭的呀。

于是，她找朋友请新晋网红李清溪为他的店拍摄了一组宣传照。天下网红本是一家，李清溪这组照片一发到网上后，马上又吸引了贺

维去拍了个探店小视频。这样子一传十十传百，网红带动消费的力量还真不容小觑，可可西里奶茶店的生意很快就红火了起来。

不过上次那组宣传照还是在夏季的时候拍的，可可西里奶茶店每个季节都会推出特别的时令饮品，所以这次也是想赶在年前拍摄新的宣传照。奈何李清溪这段时间水涨船高，人红架子也大了，一干人等了她三十分钟，连个影子都没见着。

柏松南等得实在不耐烦，微微侧脸看了一眼面无表情的董西，心里浮上一丝歉意。而后，他直接一个电话给李清溪打了过去，说再不来就不用来了。好在李清溪也并没有放着钱不赚的意思，二十分钟后，她终于赶到了。

这个大冬天还光腿穿个短裙的女孩儿一走进店里，董西的太阳穴就猛地跳了一下。

李清溪倒是听话地穿了一件毛衣，却很有个性地选了件荧光绿的，上面还缀着两三个挤眉弄眼的巫蛊娃娃，随着她走路的步伐一颠一颠地摇晃着，路过董西时，像是在和她点头问好。

李清溪一进店，就冲向柏松南来了一个熊抱，嘴里热情地喊道："南哥！"

柏松南轻而易举地把她推到一边。

李清溪倒也不介意，背着手笑嘻嘻道："怎么了？还真生我气了

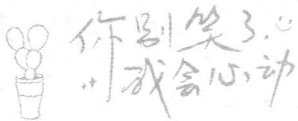

呀？"

柏松南一本正经地对她说："准时是一个人的基本素质。"

李清溪满脸无所谓："随便喽，我初中文凭，没文化嘛。"

"这是素质问题，不是读书多不多的问题，小学生都懂。"

"我是小学生呀，"李清溪娇笑着晃了晃脑袋，"我是你一个人的小朋友。"

听到这句话，柏松南竟鬼使神差地看了眼董西，然而董西并没有什么表情，而是拿着手中的相机专心地在调试。

他也不知道是庆幸还是失落，在心里对自己说道："她可能没听见。"

他侧过身子，把李清溪扯到董西面前，说："向摄影师问个好。"

董西闻言抬头，伸出了自己的右手。然而李清溪却只是似笑非笑地看了她一眼，抱着的双手一动不动。

"对不起啊，小姐姐，我新做的指甲，怕刮坏了呢，咱们就不握手了啊。"

话是这样说，李清溪脸上却不见任何抱歉的神色。

董西倒是无所谓，做摄影这一行的，有时候就是会碰上很多奇葩顾客，不仅要求一大堆，脾气急了还骂摄影师技术菜，一个好好的日系写真，非得加上阿宝色滤镜，连狗看了都吓得大叫。

现在这个只是不愿意握手而已，在董西看来就是芝麻绿豆大点儿的小事，美缘和高孝跟着她见惯了大风大浪，对此也是处变不惊。

唯独柏松南不满李清溪这态度，黑着脸训道："会不会打招呼！"

李清溪对他歪嘴瞪眼，咧出了一个鬼脸给他看。

一旁的董西打量了李清溪半天，突然开口说道："你的妆要卸掉。"

李清溪一愣："你说什么？你让我卸妆？"

董西还未来得及再说一遍，店里又突然闯入一个人，这人一路风风火火的，嘴里还在嚷着："卸不得，卸不得呀！"

来人是个三十来岁的男人，跑得脸红脖子粗的，还没好好喘口气就赶紧把手中的饮品递给李清溪。

"给，姑奶奶，榛果拿铁，跑了三站地才给你买到。"

说完，他又对董西讪笑："这是摄影师是吧？你好，我是溪溪的经纪人。"

董西皱了皱眉，主要是她也是"西西"，和人撞名这件事，不管什么时候，都不会让人愉快。

李清溪的经纪人继续对董西说："溪溪她真不能卸妆，反正镜头吃妆嘛，到时候拍出来也不会显得妆很浓的。"

镜头吃妆是有的，但一家主打初恋怀旧风的小清新奶茶店，你化

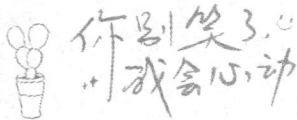

个挑眉和欧式大双眼皮是不是就有点不合适了，眼尾还贴那么多亮片，别说镜头吃妆，就是镜头吃人也没办法消除你这一身浓浓的夜店小马达风格啊。

董西有些惆怅，开始怀疑自己为什么要答应贺维来蹚这浑水。

李清溪也头头是道："是呀，小姐姐，女人还是要打扮自己的，成天素颜，哪里会有男人爱的啦，哈哈哈……"

此话一出，成天素颜的董西和美缘瞬间感觉自己膝盖中了一箭，美缘更是隔空翻了个老大的白眼。

柏松南不理会李清溪的神经分分，直接一锤定音道："去卸。"

李清溪瞪大了眼，一脸不可置信："你说什么？"

"去卸，别逼我动手。"

李清溪的经纪人急得满头汗："卸不得呀，南哥。"

柏松南言简意赅道："卸不了就走人。"

李清溪瘪嘴半晌，最终还是冷笑着道："行，我卸，到时候可别吓着您，金主爸爸。"

卸了妆的李清溪其实也不是什么牛鬼蛇神，相反，没化妆的她比化妆还要好看几分。化了妆的她看着要老上五岁，可当她一旦卸去脸上铅华，独属于二十出头的女生的清丽和生气一下子就呈现了出来，皮肤像沁着露珠的水蜜桃一样，是任何粉底BB霜都无法涂抹出的效果。她的经纪人又有一双巧手，给她描了微微下垂的眼线，冲淡了原本她明艳五官带来的媚俗感，显得楚楚可怜。

董西点了点头，表示十分满意。

拍摄终于得以开始，高孝拿着补光板为董西打光。然而他们还是太过天真，虽然李清溪乖乖卸了浓妆，却又开始在别的事上作妖。

"哎呀，小姐姐，你拍我左脸吧，我左脸比较上镜。"

"小姐姐，我花粉过敏的呀，什么？这是干花？干花也过敏。"

董西放下相机，无奈地说："李小姐，请不要噘嘴瞪眼，自然点儿就可以了。"

"可是我平时拍照都这样拍呀，我粉丝都说好看呢。"

"不会拍就别拍。"站在后面旁观的柏松南突然开口。

"就是就是，"李清溪一脸得意扬扬，"小姐姐，不是我说，你要是没技术就别来混这口饭吃嘛。"

美缘听了火冒三丈："你说什么呢！"眼看着她就要冲上去挠花李清溪的脸，高孝一把拦住她。

董西没说什么，只是掀唇露出了一个冷笑。

"我是说你不会拍就别拍。"柏松南走上前，目光紧盯着李清溪，显然这句话是对她说的。

"你要我走？"李清溪指着自己反问。

柏松南仅剩的耐心全无，嘴角一扯，讥诮道："你听不懂人话？"

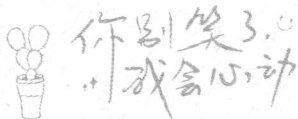

你别笑了，我会心动

　　一旁李清溪的经纪人赶紧来打圆场："南哥南哥，冷静，我们溪溪是有点不懂事，您大人有大量，别和她一个女生计较。"说完又转头招呼董西，"来来来，摄影师，准备开拍。"

　　尴尬的是，柏松南和董西都站在原地不动，没有一丝要顺着台阶下的意图，只是不约而同地看着他和李清溪，仿佛是在等他们赶紧收拾铺盖滚蛋。

　　经纪人这才意识到事情的严重性，以往李清溪也因为这任性刁蛮的脾气得罪过不少合作方，可大部分都是只要他这么说了，李清溪再柔顺地低个头，对方也就给个台阶下了。

　　可是他忘记了，柏松南不是以往任何一个合作方，甚至看着还十分不好说话。

　　果然，柏松南已经阴沉了一张脸。他动怒的时候，其实特别能唬人，一般人都不敢去招惹。

　　李清溪已经被他吓得哭了出来，她抬头，泪眼婆娑地说："南哥，你真的让我走？"

　　柏松南没说话，但表达出来的意思已经很明显了。

　　经纪人见软的不行，只好来硬的。

　　"柏老板，我们可是签了三年的合约，你这样是要付违约金的。"

　　柏松南满面嘲讽："呵，付就付，少了一个子儿我跟你姓。"

经纪人瞬间被噎得说不出话来。

李清溪抹着眼泪抽抽噎噎道:"我不要你的钱,我错了,我就是看你一直在看这位小姐姐,心里不舒服,才发脾气的,你不要生我的气……"

一众人的目光瞬间转移到柏松南和董西身上来,尤其是美缘,董西不用回头都能感受到她那探照灯一样的目光,洒在她的后背上,就像是要灼出一个洞来。

李清溪年纪小,今年满打满算也不过才十八岁,比董西小了十一岁。她只当李清溪说的小女生气话,并不多作计较。

"胡说些什么?"

柏松南满脸严肃地说,耳朵却悄悄地红了。

李清溪最终还是被经纪人连拖带拽地拉走了,模特没有了,董西这个摄影师自然也要告辞。

柏松南对她道:"不好意思,今天麻烦你了,费用我会打到你的账户上。"

董西回头打量他半天,甚至还对着他举起了手中的相机。

站在取景框里的高大男人似乎是没有预料到她这一番动作,显得有些局促不安,片刻后挠了挠后脑勺,露出个腼腆的笑容,左侧虎牙

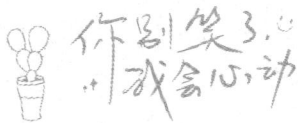

仿佛在闪着光。

董西利落地按下了快门。

"柏先生，做我的模特吧，我想你能胜任。"

她清冷的嗓音，从漆黑的相机后面传来。

2

拍柏松南就省事多了，毕竟他没有什么上镜一定要左脸的臭毛病，董西要他摆什么动作，他就摆什么动作，听话得很，顶多就是有些镜头不安症，看着有些紧张和不自然而已。

董西举着相机，边拍边说道："我十八岁那年和我妈吵架了。"

柏松南："嗯？"

"我妈被我气得夺门而出。"

柏松南："？？？"

董西换了个姿势，面无表情道："从此我家没有了门。"

柏松南："……"

两秒钟后，他才反应过来董西是说了个冷笑话，偏偏还是用那副一本正经的模样。他实在没忍住，笑出了声。

董西赶紧按下了快门。

这样一打岔，柏松南总算不再紧张。"咔咔咔"的快门声不断响起，董西很快就拍摄了两百多张，只等着回去精修，再选几张作为宣传照。

收拾好设备，柏松南送他们到门口。

"我送你们？"

董西摇摇头："不用了，我们开车来的。"

柏松南一时还真忘了这茬，帮忙把所有东西都装进宽敞的后备厢后，他站在店门口目送着董西一行人离去，心中突然冒出一个不可思议的想法。

要是她的车子突然坏了就好了，他在心里偷偷地想。

做摄影这一行，其实只是表面光鲜而已。董西朋友圈里的那些人，看着她天南地北到全世界旅游，都艳羡不已。其实只有她自己知道这是一件多么累的事，巴西热带雨林里多蛇虫鼠蚁，她穿着靴子深一脚浅一脚地跋涉，不但身上扛着笨重的摄影器材，还得时时刻刻担心自己陷进沼泽地。不仅如此，旅途过程中还有各种突发的危险性因素，国外枪支合法，从英国至摩洛哥，在路上她不知道被黑车宰过多少次，她又是个刀比着脖子也不肯服输的破烂性格，为此还真有几次危险万分的时刻。

但无论如何，对于董西来说，说起摄影最辛苦的，还是后期。

拍片一时爽，修图修到吐。

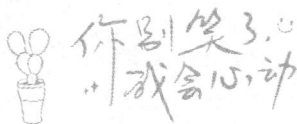

你别笑了，
我会心动

　　每次接完单之后，她总有一段深居简出的日子，什么也不做，只窝在家里修片。

　　最开始的时候还只有她一个人，现在收了美缘这个徒弟，多多少少也能帮她一点。高孝天生一个莽夫，扛器材举补光板这种力气活儿还可以，修片一点也不行。

　　凌晨一点多，美缘还在董西家的小书房里修图，两人占据着桌子各一方，偶尔有交谈。

　　熬到深夜，美缘有些困了，便伸着懒腰打了个哈欠。

　　董西坐在电脑前对她说道："困了就去睡。"

　　美缘拍了拍脸，强打精神道："我没事的，西姐。"

　　董西见美缘坚持，也不再劝，起身去厨房泡了两杯黑咖啡。

　　她一向不喜欢喝咖啡，就算要喝，也会放很多糖。唯独在熬夜修图时不同，是硬逼着自己喝下去，毕竟咖啡因的提神效果是最好的。

　　美缘接过董西递来的白瓷杯，抿了一小口，眉头瞬间拧了起来，她西姐泡的咖啡，果然还是一如既往的难喝。

　　好不容易等到嘴里的味道散去，美缘的睡意也一扫而光。她看着电脑里柏松南的那张帅脸感慨道："西姐，这个柏老板，人长得是真的帅啊。"

　　董西正巧也喝了一口咖啡，苦得她的五官都皱到了一起，根本没心思搭理突然犯花痴的美缘。

美缘也没指望她会搭腔，继续自顾自地说道："是真的帅，脸上没有一点瑕疵，我最喜欢给这样的人修片了，省事儿。不像以前有些顾客，光是磨皮修图就得建十几个图层，把我给累死了。"

"而且，"她脚上一蹬，电脑椅就带着她滑到了董西身边，笑道，"他人好，更重要的是，西姐，你不觉得他对你尤其好吗？"

董西正聚精会神地修片，闻言非常无语地瞥了她一眼。

"真的真的，你看啊，那天他说要请我们吃甜品，结果他只给你一个人做了。一个老板不至于这么小气吧？那肯定是因为当时他只想到了你。"

美缘认真地看着董西，那眼神无比狂热。

董西无法忽略她这么热切的视线，只好转过身来听听她到底还有什么歪理要说。

"还有啊，今天他还为了你，赶走了李清溪那个'作精'呢。"

董西终于做不到无动于衷，像看智障一样地看着她："是他自己要赶人走的吧？关我什么事？"

"是他自己赶的没错，可他为什么要赶呢？要知道现在李清溪这么火，他毁约简直是得不偿失啊，还不是因为李清溪对你不尊敬。"

董西一脸真诚地说："我觉得你可能不适合做摄影师，你适合去写小说。"

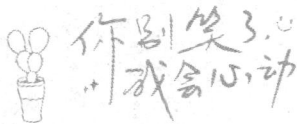

你别笑了，
我会心动

美缘还要开口争辩，却被董西一脚踢回了自己的电脑前，董西冷酷无情地道："赶紧修，不想做了就滚回房间去睡觉，哪来这么多梦话？"

美缘"嘤"了一声，老老实实地趴在桌上去修片了。

美缘不再说话，房间里就彻底安静下来，只有笔画过数位板时发出的细小"沙沙"声。

董西的病还未彻底痊愈，没有以往熬夜的精神，一口咖啡下肚没多久，效果很快就过去了，那么苦涩的咖啡，她又实在是没有勇气去喝第二口，渐渐地，拿着笔的手就慢慢地停了下来。

睡意蒙眬之中，看到的是柏松南的照片，正好是他被她那个"夺门而出"的冷笑话逗笑的那一张。

照片里，柏松南穿了一件极为宽大的白毛衣，衬得他肩膀宽厚。毛衣又容易让人显得眉眼温柔，就算是他略带侵略性的长相，在白色毛衣的映衬下，也让五官柔和了下来。

他坐在可可西里奶茶店的落地窗前，冬日难得的阳光透过玻璃洒在他的头发上，他被她一本正经的冷笑话逗到，从眼尾到嘴角都流露出愕然的笑意，露出了左侧那颗稍显稚气的虎牙。

董西迷迷糊糊地想，美缘还是没说错的，柏松南确实长得不错。

三秒之后，"砰"的一声轻响，美缘看到一向有着钢铁般顽强意

志的西姐，倒在了桌子上，听她的呼吸声，应该是进入甜美梦乡了。

董西这一修片就是好几天，一直待在家里没挪过窝，饿了就点外卖或者泡泡面，电话除了外卖小哥打来的一概不接。等所有事项全部完成时，她和美缘的眼下都挂着青黑的眼圈，人不人鬼不鬼的，仿佛刚刚从非洲难民营里爬出来的。

美缘反手捏了捏自己的颈椎，痛苦道："好累啊！这样没日没夜修图的日子，什么时候是个头啊？"

董西安慰她："加油，再熬个十年八年的，你就出师了。"

美缘：完全没有被安慰到呢。

董西登录自己的工作微信，把文件打包发给了柏松南，又站起来拍了拍美缘的肩膀。

"行了，你去房间睡会儿。"

美缘打着哈欠摇了摇头："不了，我还是回家再睡吧。我要再不回去，估计我妈就要提着两把菜刀杀到你家来了。"

董西点点头："嗯，那行，你回去小心点，打个车，我就不送你了啊。"

"西姐，你不睡觉吗？"

"不了，我要去健身房。"

美缘顿时对董西佩服得五体投地，竖着大拇指对她说道："姐，

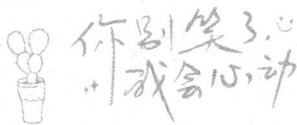

我真服了你，三四天没睡个囫囵觉，你还有力气去健身房撸铁。"

董西没好气："要你平时多锻炼，做摄影师最重要的就是体力好，你要是还举不起杠铃，下次出去就不带你了。"

美缘没骨气地表示妥协。

美缘离开后，董西也收拾好了装备打算去健身房运动一下。董西常年生活自律，除非修片加班，平时很少熬夜，每周健身三到四次，出差时也会带着瑜伽垫，做做平板支撑。所以虽然她看着瘦，但并不纤弱，身上全是紧致富有弹性的肌肉，小腹上甚至还有着一道诱人的马甲线。

不过她这趟健身房，最终还是没能去成，因为她接到了来自母上大人的一通电话。

不出意外，一摁下电话，首先就是一通狂轰滥炸。

董母在电话那头责骂道："你怎么又不接电话？手机买了是让你当摆设用的吗？妈妈的电话也不接，关西，我看你是要上天了？"

董西一句话也不吭声，任由她妈在耳朵边骂。

"你是不是又熬夜搞你的照片去了？我跟你说过多少次，女孩子家不要老是熬夜，对皮肤不好的，你自己多大岁数了你不知道吗？非得老得跟我一样快才开心吗？你那张脸还要不要的？一天天的连护肤品都不抹，穿个白卦儿牛仔裤，不好好打扮下自己。把你生得那么高有什么用，你看看哪个男人喜欢你这种？难怪人小傅不要你了。"

董西皱眉："妈！"

"妈什么妈！难道不是这样？人家条件那么好，博士毕业，在三甲医院当主刀大夫，人又长得斯文，你打着灯笼都找不到。哦哟，到手的如意郎君都能被你放跑了。

"掰了也不和我说，我还打个电话去邀人来家里吃饭，人家小傅是个有教养的，支支吾吾半天才说你俩分手了。你说你搞出这样的事，让你妈我这张老脸往哪儿搁？"

董母越说越气，到最后气不打一处来，叹出一口气："你啊，随了你那没心肝的爹。"

董西无语望天，心想她妈又要来了。

你随了你爹！

你怎么跟你那死鬼老爸一模一样！

你看看你这一脸倒霉样，和你爸一个模子印出来的！

类似的陈词滥调，董西从小听到大。尤其是自她高考完后，关女士和她爸爸各走各的独木桥后，听到这些话的频次就呈几何指数翻倍暴涨。

关女士和她爸爸彼此嗟磨了十几年，是一对名副其实的怨偶，离婚了也放不下心中的那些怨恨。前夫远在天边，她一腔恨意就转移到

你别笑了，
我会心动

了近在眼前的董西身上，先是看不得董西冠的前夫的姓，给女儿改了姓，随她姓关，随后又瞧不上董西三句话打不出一个闷屁的哑巴性格，回回都得指着董西的鼻子骂，到最后，连董西的平胸，她都觉得是遗传了前夫，让她看得肝火旺盛。

说到最后，董母也说累了，用一句话结了尾："回来吃饭，顺便去接一下你弟。"

说完，董母也没问董西的意见，直接挂了电话。

董西重重地吐出一口胸中的浊气。

半刻钟后，她还是拿过桌上车钥匙出了门。

开到半途的时候，董西想到自己的车子有好长一段时间没有清洗过，要是母亲看见了，怕又要说了，便只好拐去了附近一个修车行去洗个车。

车子停在外面，董西下车走进去，刚进门一个穿着蓝色工作服的员工就走了过来。

旁边椅子上还坐着一个穿着黑色卫衣的年轻男人，戴着眼镜，长得斯文白净，正面对着一辆越野车。卫衣男人看到董西，微笑着点了点头。

穿着蓝色工作服的员工问她："您好，请问您需要什么服务？"

"你好，请帮我洗一下车。"

话音刚落，只听见一阵窸窸窣窣声响，一个人突然从越野车底下滑了出来。

董西这才发现，原来车子底下还躺了一个人，难怪卫衣男人之前是面对车子坐的，怕是在和车子底下的人说话。

"董西？"

这两个字一传到耳朵里，董西先是下意识地眉头一皱，再去看地上的男人，原来是几天之前才见过的柏松南。

她也有些惊讶，琥珀色的瞳孔里，折射出惊奇的光彩来。

"柏先生？"

她不无讶异地出声。

3

"所以，这是你朋友开的，你有时候会过来帮忙？"

董西手里拿着瓶养乐多，坐在椅子上微微仰着头看着柏松南。

养乐多是柏松南非得塞给她的，椅子则是之前那个卫衣男人坐的那一把。柏松南巡视了一圈也没找到一把像样的椅子，只有他朋友屁股底下的稍微好些，于是干脆把男人赶走了让给董西坐。

他自己则站着一旁，擦了擦脸上的汗。

刚才修车修得太热，柏松南上身只穿了件黑色的背心，蓝色工装服系在腰上，显得腰线紧绷，一身的腱子肉因为覆盖着汗水亮晶晶的。

董西无意识地舔了舔干燥的嘴唇。

柏松南见她仰头仰得吃力，刚想弯下腰，这家修车行的老板，也就是他的朋友提着两把塑料椅过来了。

柏松南顺势一坐，董西终于得以平视他。

"对，这家修车行就是他的。"柏松南一指旁边坐着的男人。

男人鼻梁上还架着一副金丝边眼镜，斯文俊秀，看着实在不像是一个开修车行的人。

他对着董西温和一笑道："你好，我是江山，南哥的朋友。"

董西也对他礼貌地笑了笑："董西。"

江山点了点头："董小姐。"

董西满意于江山的进退有礼，即使互通了姓名，依然是客客气气喊她一声"董小姐"，而不是像柏松南一样，一口一个"董西"，听得她条件反射地皱眉头。

董西刚想冲江山笑一下，包里的手机却响了，她以为是她妈在家里等得不耐烦了来催她，拿出手机一看却是个陌生号码。

"喂，您好？"

讲话的人是一个中年男人，他在那边说道："您好，请问是董是的姐姐吗？"

董西眉头一皱："是。"

"哦，您好，董小姐，是这样的，我是您弟弟学校的辅导员，现在董是在这边出了点儿事，您看您能过来一趟吗？"

"没死吧？"

辅导员："没呢……"

董西面无表情地说："老师，要是他犯了事儿，您教育他就行，要是别人犯事儿，您让别人教育他，能打能骂，我们不找你们赔钱，您看着点儿，留他口气就成。"

辅导员："……"

那头董是像是听到了，抢过辅导员的手机，气急败坏地大吼："董西，你不是人！你来不来！你不来我就告诉咱妈！告诉咱爸！"

董西说："那敢情好，麻烦你快点儿告诉他们吧。"说完就要挂电话。

辅导员预料到了，赶紧抢在她挂断之前说道："董小姐，您看您还是过来一趟吧，这边其他同学的家长也过来了，你们来协商一下，不然学校也不好办。"

他这话说得恳切，董西面冷心热，平时最受不了别人拿软刀子戳人，典型的吃软不吃硬。她最后只好妥协道："那行，我马上就过去。"

你别笑了，
我会心动

董西挂了电话，站起身，问江山："江老板，我的车洗好了吗？"

江山说："不知道啊，我给你问问。小吴？小吴？"

穿着蓝色工作服的员工跑了进来。

江山问："董小姐的车洗好了吗？"

小吴答道："洗……没呢，还没洗好。"

董西一脸怀疑："还没洗好？"

小吴苦着脸说道："董小姐，您的车……比较难洗。"

董西相信了，她这车跟着她上山下海的，下雨天走泥泞山路都是家常便饭，可能确实难洗了一点。

柏松南站起来问她："你要干什么去？"

董西随口一答："教训熊孩子去。"

柏松南："……"

"那我送你过去？"

董西下意识地拒绝："不用了。"

江山笑着劝她："董小姐，你就让南哥送你去吧，我听你电话里好像还挺急，你这车估计还得……小吴，董小姐的车还要多久？"

"呃……三十……不，四五十分钟吧。"

三个人的视线又转移到了董西身上。

董西想了想，点头道："那好吧，麻烦了。"

柏松南眼神闪烁了一下，问道："介意我去洗澡换个衣服吗？"

说完，柏松南又像是怕董西拒绝，赶紧补充道："很快的，五分钟就行。"

五分钟对于四五十分钟而言，连零头都够不上，董西当然不会拒绝。

五分钟后，柏松南真的准时下来了，他穿了一件灰色呢子大衣，衣冠楚楚，挺拔英俊。

这人还真的挺帅的，董西暗暗心想。

柏松南走到董西面前，对她说："走吧。"

两个人一起走出修车行。

江山站在原地目送他们走出大门，小吴吞吞吐吐半天，内心好奇得快要疯了。

江山转身看到了，目不斜视地道："想说什么？"

小吴早已按捺不住，闻言立马问："老板，董小姐的车明明就快洗好了，您为什么不让我说啊？"

刚刚那眼神，他觉得他只要一个字没说对，他家老板就会马上把他做成一个人肉千斤顶。

江山笑了笑，从怀里摸出一根烟点上，对小吴说："南哥想送她嘛。他想送，我们就要创造条件让他去送。"

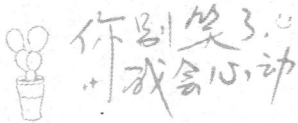

你别笑了，我会心动

烟雾缭绕中，江山的表情看得不太真切，他吐出一个漂亮的烟圈，半眯着眼睛道："做兄弟的，就是这样。"

小吴点点头，似懂非懂。

董西的弟弟小她八岁，今年在读大三，名字虽然叫董是，但完全跟"懂事"沾不上边，取得一点也不写实。董是人长到二十来岁，脑门儿上就是金光闪闪的四个大字——"社会败类"，斗鸡走狗，无所事事。从他出生到现在，幼儿园的时候抓前桌小女生的辫子，小学的时候掀女生裙子，初中就扯女生内衣肩带，董西跟在他屁股后面不知道帮他收拾过多少回烂摊子。搞得董是已经养成了习惯，出门在外，但凡惹上了什么事儿，都是一句雷打不动的"找我姐"。

董西和柏松南一路风驰电掣地赶到董是的学校，进了学工办，才知道董是犯了什么事。

这小子，竟然跑去睡女寝！还被抓了个正着！

听说辅导员把门敲开时，他还光着个胸膛睡得正香。

董西觉得自己这一辈子从来没这么丢人过。

董西在学工办外面听完了整件事的经过，当时就想抬脚走人，让董是自生自灭，却被眼尖的董是正好看到了。

董是那时坐在办公室里面，对面是那个女生和她的妈妈。女生妈妈一把鼻涕一把泪地捶着自己的女儿，女生低低地垂着头，也不还手，乖乖地任她妈打骂。

　　女生妈妈大概是被女儿这副样子搞得心力交瘁，又去打董是，嘴里还含混不清地哭骂着："你个浑小子！带坏了我女儿！带坏了我女儿啊！"

　　董是的头发被她抓着，后脑勺火辣辣地疼，像是头皮都要被撕下来了。他伸手去扯，可一个正处于悲痛之中的母亲的力气是巨大的，他一时竟挣脱不得。

　　狼狈之中，他看到了董西正准备离开，马上大喊："董西！董西！你不准走！你还是人吗？董西！"

　　一办公室的人马上看了过来，董西没办法，辅导员也来劝："董小姐，您看您来都来了……"

　　来都来了，就得进去是吧？

　　董西叹出口气，她这辈子是欠了董是的吧。

　　柏松南一脸关切地问："没事吧？你要怎么办？"

　　"没事。"

　　董西整理了一下心情，然后随着辅导员进了办公室，柏松南也跟着她进了门。

　　董是的脑袋还在那位妈妈手里，一看她进来，他顿时如蒙大赦，喊道："姐！姐！快来帮我！"

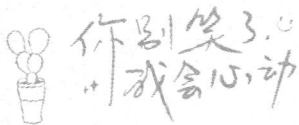

你别笑了，我会心动

女生妈妈一听，手松开了，转身打量了一遍董西，狐疑道："你是这小子的姐姐？"

董西诚实道："是，但爸妈离婚了，他是跟着爸爸的，我们也有好多年没见过了。"

"董西！你不要脸！"董是痛骂。

女生妈妈不管这么多，直接对董西说："你弟……在我女儿床上，你们家是怎么教儿子的？小小年纪就欺负女生？"

董是一脸愤愤不平，站在墙角小声反驳道："这明明是你情我愿的事好吗？"

董西听到了，甩给董是一个凌厉的眼风，幸亏女生妈妈在专心控诉，没听到他这句话，否则又是一场大战。

董西这几年在外漂泊多了，这一招很是炉火纯青，唬得董是老实了一些，但嘴里仍在碎碎念着什么。

等到这位妈妈一番字字泣血的长篇控诉一说完，董西首先就真诚地道了歉。

她背脊挺得极直，却弯下腰，给女生妈妈深深地鞠了一躬。

柏松南看着她的背影，手上的青筋一瞬间绷紧。

董是不满的碎碎念终于停了下来。

"对不起。"

停留了三秒钟，董西直起身，问道："那这件事您想怎么解决？"

办公室内的众人一看董西这么乖乖地给对方家长道歉，便知道她是个讲道理的。

辅导员走到董西面前，为难道："是这样的，我们现在是想让董是写个检讨书，然后学校再给他记过。"

董西说："那写啊。"

"问题是……他不写。"

董西看过去，放在桌上的纸上果然只写了"检讨书"三个大字，其余一片空白。

董西走到董是身边，直接把纸笔往他面前一拍，斩钉截铁地说："写。"

董是红着眼一脸倔强："我不写！丢人！"

董西："……"

少年，你都光着身子被辅导员掀了被子了，还有比这更丢人的吗？

董西低着头，慢条斯理地挽了挽袖子，温声道："你是想要我打到你写是吧？"

她抬眼盯着董是，眼神阴恻恻的，暗含威胁。

董是无比熟悉董西这样的眼神，董西从小就不喜欢将情绪表现在脸上，即使生气了也不会闹得脸红脖子粗，只是表情淡淡的，唯独眼神吓人得很。她不动声色盯着你的时候，你会觉得脖子那里凉飕飕的。

这样的眼神数董是收获得最多，而且在这个眼神背后，往往是一顿毒打。

说出来也不怕丢人，从小到大，他打架就没打赢过董西。

回想起那些年被董西支配的恐惧，刚才还梗着脖子死不低头的董是顿时就尿了，脖子一缩，抓起笔乖乖地写起了检讨。

女生妈妈怪笑一声："呵，写个检讨就完事儿了是吧？你们学校就是这么办事儿的？这小子，你弟弟，进了我女儿的宿舍，睡了我女儿的床，他是个强奸犯！他要被拉去枪毙！"

董是扔了手中的笔刚想站起来，却被董西一掌按下去了。

"这位妈妈，您这就说错了，"董西从容道，"董是固然浑蛋，但真要他翻窗去爬您女儿的宿舍，他也是没那本事的。"

中年妇女眉毛倒竖，指着董西鼻子吼道："你什么意思？"

董西抱着手臂，说："我的意思是，请您说话不要太过偏颇，双方都有错，一个巴掌拍不……"

董西一句话还没能说完，气急了的女生妈妈就已经丧失了理智，举着手中的包就要朝她砸来。董西避之不及，条件反射地闭上了眼。

然而，预料之中的疼痛却并没有到来。

眼前落下了一片阴影，董西慢慢睁开眼一看，是柏松南站到了她

面前。

他个子极高，董西一米七的个头，在女生里已经是佼佼者，却还是矮了他一头。他转身扶着董西的双肩，脸上是浓浓的担心，看着董西的眼睛问道："你没事吧？"

董西呆呆地看着他，半晌才喃喃道："你受伤了。"

血滴滴答答地流在了他衣服的前襟上，柏松南伸手往额角一摸，一手的血。

他的额头被女生妈妈手提包的拉链划破了。

董西从震惊中回过神来，连忙从包里掏出手绢，替他捂着伤口，对他道："走，赶紧去医院！"

身后辅导员喊道："董小姐，您看这儿……"

董西头也不回地说："您看着办！"

一办公室的人面面相觑。

4

董西把柏松南扶到副驾驶，给他系上安全带，嘱咐道："手绢按着点儿。"又问，"车钥匙呢？"

"兜里。董西，我们不用去医院吧？这点儿小伤……"

董西拿出他衣兜里的钥匙，关上了车门。

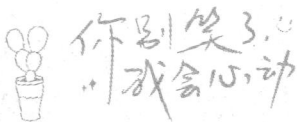

坐上驾驶座，发动汽车，柏松南还在试图说动她放弃去医院，董西以简单的两个字结束了他无休无止的废话——

"闭嘴。"

董西急起来开车开得十分猛，变道超车玩得比赛车手还溜，毕竟是在西南各种崎岖难行的盘山公路上练过的人。到最后连柏松南面色都有点不好了，她依然神色坦然自若，呼吸都没乱一下。

那镇定的样子太迷人，柏松南不免偷瞄了好几眼。

董西记挂着他的伤势，平时十分敏锐的人，倒是一点也没发现，下车后直接带着柏松南去挂了个急诊。

医生一看柏松南的伤口，笑着说："你们这伤，好家伙，稍微来晚点儿都要愈合了。"

柏松南侧头对董西说道："你看，我没说错吧，这是小伤。"

董西皱眉："您没说错吧？他流了好多血。"

年过半百的医生推了推自己鼻梁上的眼镜，听到董西问的问题，答道："哦，那可能是这小伙子身体好，血量大。没事儿，去拿点儿碘伏擦擦，贴个创可贴就完事儿了。"

董西十分不满："您没搞错吧？他流了……"

老医生没耐心了，斜睨着董西道："我又不是老糊涂，怎么会搞错？你要是不同意，要不你自己来？小情侣跟这儿凑什么热闹呢？别浪费

医疗资源，看病的人海了去了，你这点儿小伤都来挂急诊，让那些脑袋插刀缺胳膊断腿的人怎么搞？去去去，别碍事儿。"

两个人于是被脾气不太好的医生几下赶走了。

董西见柏松南确实不流血了，干脆找护士要来了碘伏和绷带，坐在医院走廊里给他包扎。

柏松南乖乖仰着脸任她在自己额头上忙活，耳根不自觉有些发烫，手中的丝质手绢一下被他捏成团，一下又被他扯开。

他忽然开口说道："脏了。"

董西正在一心给他处理伤口，没能理解他话里的意思，反问道："什么？"

"手帕脏了。"

董西低头看了一眼，攥在他手中的手帕沾了血，一片脏污，确实是不能用了。但也没关系，不过是一块手帕而已。

她无所谓地说："没事，扔了就行。"

柏松南赶紧道："那我帮你扔。"

董西奇怪地看他一眼，不明白一块脏兮兮的手帕而已，你扔我扔的，有什么区别吗？

柏松南冲她抿出一个不好意思的笑容来，她望着柏松南黑亮的眼眸，像只奶豹子。

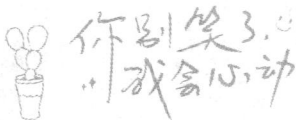

你别笑了，
我会心动

董西突然觉得心有点软酥酥的，说道："好，你扔。"

额头上的伤口被董西妥帖地包扎好了，她看着冷心冷面，处理伤口的手法却温柔细致。柏松南细细体会着额头传来的温热触感，耳根有点发烫。

我的样子会不会有点太傻了？他默默出神。

"好了。"

头顶突然响起董西的声音，柏松南好一会儿才回过神，他摸了摸额上被包扎好的伤口，说道："哦，好的，谢谢你，董西。"

嘶，这人！

怎么能每次都在她对他印象稍微好点儿的时候又来败好感呢？

董西觉得十分无语，又有几分好笑。转念一想，名字也不过是一个代号而已，取了名字就是被人叫的，柏松南愿意叫，那就随他去吧。

董西对他微微一笑，正想说我们回去修车行吧，包里的手机却响了。

是她妈妈的来电。

算算时间，也是差不多该打来了。

董西深吸一口气，接起了这个电话。

电话一接通，关女士那超高的分贝就吼得董西眉头一皱。

"你怎么回事儿？啊，我就问问你怎么回事儿？"

董西捂着手机走远了些，反问道："我怎么了？"

"我让你去接你弟弟，结果你弟弟出了事，你牵着个男人头也不回地走了！你不是和傅从理分手了？又是在哪里认识的野男人？"

董西听得心头火起，语气也不好了："您嘴巴留点儿德吧，这么说自己女儿，也不觉得亏心？"

董母冷笑一声："我亏什么心？要亏也是你亏，你的心在哪里？把你弟弟一个人丢在那儿，你做姐姐的，这种事也做得出来？"

"打住，他姓董，我姓关，我和他自从你们离婚那天起，就没有关系了，我没有义务去管他的事。"

董母被她噎得没有话说，只能痛心疾首地指责道："你现在怎么这么冷血？"

董西冷哼："呵，我冷血？您也不看看您那宝贝儿子做的是什么好事！我是不想管，您要是有那份闲心，就自己去掺和您儿子的事去吧，别在这儿和我浪费时间！"

那头董母的尖叫声才堪堪冒出点头，就被董西及时地掐断了。

董西关了机，握着发烫的手机呼出口气，脸上没什么表情，然而仔细观察，却可以看到她的手在微微颤抖。

柏松南走到她面前，弯下腰认真看她的神色，小心翼翼地问道："你没事吧？"

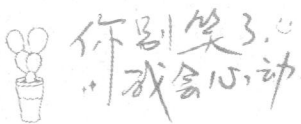

你别笑了，
我会心动

董西摇了摇头，再抬起头来时，又是那个百毒不侵的董西了。

"走吧，回修车行。"

她在前面走着，柏松南却不知道在想什么，没有动。

董西没有听到身后的脚步声，回头一看，柏松南还站在原地走神。

她回头问他："怎么了？"

柏松南看了她半晌，突然问："董西，要不要跟我去个地方？"

医院走廊惨白的灯光倾泻在他俊逸的脸庞上，有一种奇异的美感。董西动了动手指，心痒难耐，觉得此刻真应该用相机记录下来。

柏松南带着董西去了城西盘龙岭。

盘龙岭顾名思义，是一座小山包。山虽不高，上山的路却十分难走，九曲十八弯，没点车龄的人不敢走，车技好的人在开车时也都要打起十二万分的精神，不然一个不小心掉入山涧，就是粉身碎骨、有去无回的结果。

董西坐在副驾驶上，看着车窗外飞快后退的风景，不禁赞叹："这段路适合飙车。"

柏松南点头："没错，这里一到凌晨，确实会来很多富二代赛车。"

董西难得生了点好奇之心，侧头问他："你也会来？"

柏松南咳了一声："偶尔来。"

"不错。"

"什么不错？"

"这样的生活很不错，没事儿飙飙车，调剂调剂心情。"

柏松南失笑："董西，你和一般女孩子太不一样了，我妹妹不止一次说过我这是在玩命。"

"这不是玩命，"董西看向他握在方向盘上稳健的大手，"你脚下的油门踩到几分，什么时候转方向盘，这些你心里都有分寸。所以，这其实是在掌控。"

柏松南闻言大笑："哈哈哈哈哈，没错！"

前方一个弯道突然出现，柏松南却依然直行，到了千钧一发之时，他才游刃有余地往左打了下方向盘。那一刻，车胎离幽深的山涧似乎只剩下几毫米，两个人都被惯性带得往右偏了偏。

可董西和他都是面不改色。

他偏头对董西朗声说："看！没有人不喜欢这样的感觉。"

董西嘴角终于攒出点儿若有似无的笑意。

两个人登上了山顶，董西终于知道柏松南为什么要带她来这里。

会当凌绝顶，一览众山小。

盘龙岭虽然不是巍峨高山，但在这座城市里也算是登高望远了。站在山顶，整座城市尽收眼底，只可惜现在天色还尚未晚，不然到那时万家灯火阑珊，不知道又是一幅怎样的美景。

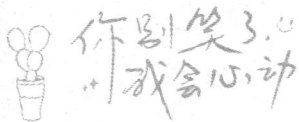

　　两个人靠着车前盖，看着远处的风景，一时之间谁也没有说话。

　　突然，柏松南直起身子，好像是记起来什么，他走到车后面，打开了后备厢。原来，他还在那儿藏了一箱酒。

　　董西说："给我也来一瓶。"

　　柏松南愣了会儿，片刻后朝董西扔了一瓶东西，董西接到手里一看，是一瓶酸奶。

　　董西静静地盯着柏松南。

　　柏松南又从车里找到一块毯子，递给她，为自己辩解道："别瞪我啊，你不能喝酒。"

　　董西问："我为什么不能喝酒？"

　　柏松南拉开易拉罐喝了一口，闻言答道："你不是……"

　　"不是什么？"

　　"不是要开车吗？行车不规范，亲人两行泪，咱们还是别做酒驾那种非法事儿哈。"

　　董西把毯子砸他身上："毯子还是你披着吧，病号。"

　　柏松南转身把酒放在车上，张开毯子，盖在了董西的肩膀上，低声说："你披着，别受凉了，我抗冻。"

　　董西也不再推拒，紧了紧身上的毯子。

　　"这儿风景不错吧？"

"还行。"

柏松南低头笑了笑："我不开心的时候，总会来这儿看看，什么也不做，就坐着，整个人就会舒服很多。"

董西斜眼看他："你哪只眼睛看到我心情不好了？"

"两只眼睛都看到了。董西，你把自己的情绪藏得再好，都瞒不过我的眼睛，因为你和从前的我一模一样。"

董西冷笑了一声。

柏松南没和她计较，继续说："你笑我多管闲事也好，笑我狂妄自大也罢，我只是不想让你在难过的时候一个人待着。"

他笑着拿酒瓶碰了下董西的酸奶瓶，抿了一口。

"谁家没有个糟心事，我还有个滥赌的爹呢。小时候，我家不是被泼油漆，就是被催债的找上门，连我这个小孩儿当时都被堵过几次校门，我妈愣是被我爸活活给气死了。"

"那现在呢？你爸还赌吗？"

"谁知道呢？他这一辈子坏事做尽，最后只做了一件好事，就是死得早。"

他冲董西露出个顽皮的笑来："谁知道他在地下有没有赌，我给他烧的那点儿纸钱，可不够他败个几天的。"

董西没说话，山顶风大，吹得她鬓角的长发拂了满脸，她轻柔地

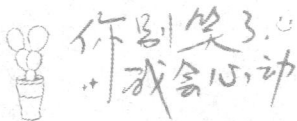

将它们夹到耳后，极目远眺，目光宁静澄透。

半晌，她才开口说："算不上糟心，我就是有点不甘心而已。董是一无是处，但爸妈总偏心他。我小时候考再多第一，都比不上董是数学及一次格。"

"那不是你的错。"

"那当然不是我的错，我活得比谁都堂堂正正。事实上，我也不需要他们的认可或是怎样。"

她再次斩钉截铁地说道："我不需要任何人的认可。"

柏松南轻声附和："对。"

两人再次碰了下杯。

"不过，我很谢谢你，柏……"

"都为你挂彩了，"柏松南笑着指了指自己额头上的伤口，"就叫我的名字吧。"

董西也笑了，她笑起来的时候，脸上的冷意瞬间被冲淡，眼眸弯弯如新月，苹果肌粉粉的，十分可爱。

"柏松南。"她干脆利落地喊道。

顿了一会儿，她又说："我有一件事一直很好奇。"

柏松南问："是什么？"

"我第一次去你的店里，戴了口罩，你是怎么做到一下就认出我的？"

柏松南拿着酒瓶想了想，随后反问："认出你很奇怪吗？那天店里关门，会上门的只有你们，而且你的身高也足够我认出你了。"

董西没想到他是凭身高认出自己的，但是那天自己明明是坐着的呀，不过店里那时就她和美缘两个女孩儿，他认出其中之一的她，其实也没有什么奇怪的地方。

这么一想，她就释然了。

两人又站了一会儿，等柏松南把手中的那瓶啤酒喝完后，董西就开车载着他下了山。

先是开到柏松南的家，把车停好，董西手刚放在车门把手上，先一步下车的柏松南就开口说道："我的车你就开回去吧。"

董西下意识地拒绝："这怎么行？"

"这当然行，你的车我明天开去和你换，你回去吧。"

董西想了想，从包里拿出了车钥匙扔给他。

"成，那麻烦你了。"

柏松南弯下腰，隔着车窗对她一笑："不麻烦，董西，我们是朋友了吧？"

董西一愣，然后点点头："是。"

柏松南笑了，眼睛在路灯下看亮得惊人。他伸出手像是要来摸董西的头发，最后却只是拍了下车顶，说："是就好，回去开车注意安全，

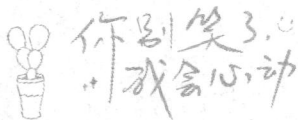

我进去了。"

　　董西看着柏松南走进小区，随后发动了汽车。

　　开机不久的手机突然响起，她拿过一看，是贺维打来的，她点了免提接通。

　　"西西。"

　　"嗯？"

　　"你在做什么呢？"

　　"开车。"

　　"哦，我这里有个朋友，想要找你拍写真，你接不接啊？"

　　董西想也没想就拒绝了："不接，我说了我不拍棚子里的，柏松南已经是一个特例了。"

　　"不是不是，人家是要旅拍呢，去哪个地方还没想好，你们到时候可以商量商量。"

　　董西随口答道："嗯，再说吧。"

　　"嗳，你和柏老板的关系变好了吗？你现在不叫他'柏先生'了。"

　　"这有什么？"

　　贺维在那头大声说道："这很有什么好不好，我和你十多年朋友，再清楚不过你了。和不熟的人就是叫先生小姐，想当初我可是被你一口一个'贺同学'叫了两年呢。你啊，只有被你叫名字的人，在你心

里才算是真朋友。"

　　董西心里奇怪："有吗？不过我倒是想起一件事来。"

　　"什么事？"

　　"你怎么把我的曾用名告诉了柏松南？"

　　"曾用名？董西吗？没啊，我告诉他的是关西啊。"

　　"刺"的一声响，董西踩了个急刹，声音太过刺耳，连贺维都听到了，忙问："怎么了怎么了？"

　　董西看着前方，满眼疑窦，脸上表情阴晴不定，她听见自己对电话那头的贺维轻轻说："没事。"

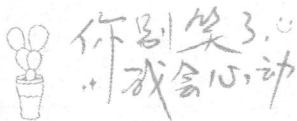

KEKEXILI

POST

Chapter 03 ❤

龙阳柏松南，
九十少女的梦啊

1

董西一下飞机，刚打开的手机就不要命地狂响起来，各种信息蜂拥而入。

美缘被这接二连三的信息提示音弄得头皮发麻，大着胆子问董西："西姐，你关了这么多天的手机真的没事吗？听这频率，你家人不会是去报警了吧？"

"没事。"董西淡淡道。

她的朋友和家人早就习惯了她一去外地拍摄就失联的风格，现在这么多信息涌入不过也是方便她一打开手机就能看到而已。

一行人拦了一辆车，高孝负责把行李都运进后备厢，董西坐在前面，打开手机筛选需要回复的信息。

其实大部分是垃圾短信，以及各大 APP 的推送。毕竟董西的朋友不算多，她又是个工作、生活两清的人，工作认识的人全部都记在另一部手机上，现在手上拿的这部是生活用手机。

删去所有繁杂无用的垃圾信息后，剩下的就是她家人和贺维发给

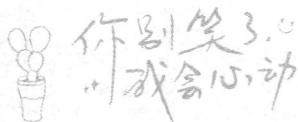

她的信息。董母是催她回去过年，董父则是例行的关心慰问，贺维的短信内容就各种各样，有些是吐槽自己工作上遇到的不顺心，有些则是在探店中又吃到了什么美味，约定下次要带她一起去吃。

董西选择性地回复了一些，刚发给贺维一句"回来了"，她的电话就打了过来。

"西西，你终于回来了！"

语气仿佛是见到了自己失散多年的亲人，董西有些莫名其妙。

"怎么了？"

"你不知道，你不在的这些天，柏老板找你都快要找疯了！"

这话又从何而来，柏松南为什么要找她？董西觉得自己越听越糊涂，最后只能发出一个单音节："嗯？"

"你是不是对柏老板说了什么啊？他说他有事情要和你解释，可是联系不上你，最后只能来我微博找我，我微博几百条私信，他每天去发，我最后才看到，跟他说你去北海道拍摄了，会失联一段时间。"

董西这才想起来，她去北海道之前，是给柏松南发了一条微信来着，内容是问他以前是不是就认识她了，为什么会知道她的曾用名。可是他当时估计是在忙没有回复，董西其实也不是非得要知道这个问题的答案，所以直接关了手机飞去了北海道，把这件事抛到了脑后。

却没想到，原来柏松南为了这件事还找她了吗？

董西再翻手机，果然看到柏松南的信息淹没在众多信息之中，不仅给她打了不少电话，点开微信一看，她去北海道的这十五天里，他还一天不落地给她发微信。

"我可以解释。"

"打电话为什么不接？"

"我可以当面告诉你吗？"

"可以给我回个电话吗？"

"你在哪里？"

……

最近的一条，发的是"回来了请告诉我一声"。

董西看着这些单方面的对话，心中突然有些感慨。她为人冷淡，与人交往也是惯以君子之交淡如水，可是这个世界上没有人愿意永远做剃头担子一头热的蠢事，大家都早已习惯双方旗鼓相当的付出，我给出一个桃子，自然希望你还我一个李子。因此董西这种性格在社会交际中其实十分不讨喜，很多时候都是对方的热情随着时间慢慢淡去，不再对她掏心掏肺。这么多年来始终对董西不离不弃的挚友也只有贺维一个，就连贺维有时候也隐隐约约抱怨过她的冷漠。

但是柏松南，这个在一开始就对她自来熟，莫名其妙知道她的名字，让她看不懂的男人，在没有任何回应的情况下，锲而不舍地给她发了十五天的微信。

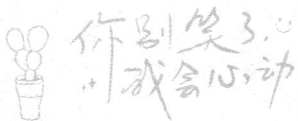

你别笑了.
我会心动

董西从来没有见过这么执着的人，就连董母也只是在发个一两天后作罢，打算专心等她回来算账。

董西都不知道是该笑他傻，还是该敬佩他的愚公精神。

但是心中却突然有股奇异的暖流划过，也许是太久没有见到像他这般可爱的人了吧，董西心中又想起了在非洲拍到的那只幼年奶豹。

她手指落在屏幕上，却也不知道……最后只发了一句"回来了"。

刚一发出去，董西就看到聊天对话框里显示"对方正在输入"的字样，她没来由地有些紧张。

然而等了半天，那边还是正在输入，董西正想敲字问他"怎么了"，忽然电话铃声响起，是柏松南打电话过来了。

董西接起："喂？"

那头是柏松南探询的声音："董西？"

"嗯，是我。"

后座的美缘八卦，探过头来作势想要偷听，被董西一巴掌拍回了座位。

柏松南继续问："你回来了？"

"嗯。"她说出口又觉得稍显冷淡，只好画蛇添足地多加了句，"在机场高速上。"

"哦。"

　　话说到这里就冷场了，那静默的几秒，对董西来说，简直被拉伸成了无限长。

　　所以说董西从来都不喜欢打电话交流，在她看来，发短信就能解释明白的事情何必还要打个电话自添麻烦呢？编辑短信可以慢慢组织语言，条理分明，逻辑清晰，一是一，二是二，对方能很快明白意思。然而打电话就不一样了，既不能在短时间内兼顾所有信息，还要面对接不上话时的各种窘迫与尴尬。

　　好在柏松南并没有沉默多久，很快打破这种窘境，他开口问道："董西，要不要一起吃饭？"

　　董西一下子没反应过来，倒是没有直接拒绝他。

　　"我还得回家收拾行李。"

　　柏松南很快说道："没关系，我可以等你，我们吃个晚饭？"

　　董西没说话，他又马上说："夜宵也可以。"

　　董西突然觉得有些搞笑，忍着笑意对他说："没事，晚饭就行。"

　　柏松南定的晚饭是一家羊肉火锅，这家店隐在小巷子里，十分难找。他带着董西七拐八拐，还抽空回头跟她说："你别看这家店偏，但有时候真正的美食往往就藏得深，犄角旮旯里的苍蝇小馆才是真美味。"

　　董西一向对吃的不讲究，三块五一桶的康师傅泡面和鲍鱼海参对她来说，并没有多大的差别，都只是填饱肚子而已。但看到柏松南说到美食两眼放光的模样，她不好说这些扫兴的话，只是点了点头。

好不容易找到这家羊肉火锅店，刚进门，戴着大袖套的老板娘就马上笑着招呼道："哟，小柏，你这有阵子没来了呀，这次还带了女朋友啊？"

柏松南很快地瞄了董西一眼，然后红着耳根反驳道："您别瞎说，这是我朋友。"

老板娘捂嘴嗤笑，也不知道是信了还是没信。

两个人找了处靠窗的位置坐下，柏松南先给董西倒了一杯菊花茶。羊肉性燥，吃多了也不好，所以能干的老板娘在每桌都准备了一壶菊花茶，清新败火，最是不错。

老板娘拿着单子过来，柏松南先是点了一个锅底，问董西："能吃辣吗？"

董西点头。

柏松南便说："来个微辣吧。"

老板娘笑道："嗳，你回回来都是特辣，怎么今儿个口味淡了不少？"

董西听了，马上说："没必要迁就我。"

柏松南还没说话，热心的老板娘便开口了："小姑娘，你不知道，

我们店用的辣椒，是我们自制的小米椒呢。那一口下去直接烧到胃里，你吃不了的嘞，估计也只有小柏能受得了，他这是体贴你呢，哈哈哈哈哈哈……"

董西脸颊也被说得有些发烫，装作无事地拿起菊花茶喝了一口，嗯，败火。

柏松南忍无可忍，咬着后槽牙打断了老板娘，说道："玉米、莴笋、牛肉丸、土豆粉、凤尾菇……"

他点了一长串，董西等了好久还听他在报菜名，心里不禁怀疑他是在报复老板娘一开始的调侃，然而老板娘却一副见怪不怪的样子，拿着笔认真地记下他报的菜品。

等到他终于点完，老板娘下去吩咐，董西的脸色已经十分难看了，她犹疑不定地问："点那么多，吃得完吗？"

柏松南愣了几秒，然后说道："吃得……完啊。"

他点了很多吗？他明明已经挺克制自己了啊。

这之后，董西才知道柏松南并没有说大话，他是真的吃得完。

董西活了这么多年，走南闯北，还是第一次见到活的大胃王。柏松南的嘴看着不大，但不知道为什么一筷子菜到了他嘴里，瞬间就没有了踪影。

他连嚼都不嚼的！

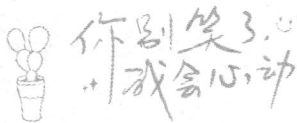

董西看得目瞪口呆。

柏松南问：“你怎么不吃？是太辣了吗？”

董西苦笑道：“还好。”

“在这家店里这真的不算辣了，你是没有吃过特辣，一般人都下不了筷。这家店还有魔鬼辣、变态辣，据说还没有人尝试过，所以店里还有一个规矩。”

“什么规矩？”

“只要是特辣以上的锅子，不喝水吃完，老板就会给你免单。”

“包括特辣吗？”

“包括。”

“那你不是免单过？”

柏松南点头：“不是我吹，要是我有心，我能把这家店吃到倒闭，你信不信？”

董西敬畏地看着他将一块羊排啃得干干净净，心说大哥，我真信你。

吃到半途，董西茶喝多了，便去上了个洗手间。

柏松南一个人吃得正欢，突然听到身边的玻璃窗被敲了几下。他侧头一看，童华顺老大一张脸贴在玻璃上，笑得眯眼露牙，身边还有个江山，此时也含笑看着他。

柏松南呆呆地看着他俩，半晌冒出一句脏话："我去。"

窗外那两个人走进来，童华顺一屁股在柏松南身边坐下，搂着他的肩膀笑道："老大，你刚刚是不是骂脏话来着，你的口型我可都看见了啊。"

柏松南一个白眼翻过去："骂了又怎样？"

"不怎么样，哈哈哈，谁让你是老大。不过，老大，你有女朋友了吗？"

柏松南一个牛肉丸差点儿卡在嗓子眼里，好不容易咽下去，惊恐地问："没有的事，你们听谁说的？"

童华顺大大咧咧道："老板娘说的啊，说你带了个白生生的小姑娘来吃饭，还发了个朋友圈呢，所以我和江山这不组团围观来了吗？姑娘呢？被你的饭量吓跑了吗？"

江山贴心地把那则朋友圈找给柏松南看，内容是一张柏松南坐在椅子上的照片，董西倒是没被拍到，只有一只纤长白皙的手入了镜，让人不禁遐想这只手的主人会是怎样一个妙女子。

老板娘还给照片配了文字，写的是：那个经常来店里吃饭的饭桶终于带女朋友来吃饭了，小姑娘肤白貌美，请广大女性不要再来找我要他的微信，为了弥补大家，可以加下方微信，也是个年轻力壮的俏小伙儿哦。

那串号码如果柏松南没看错的话，应该是老板娘儿子的微信号，

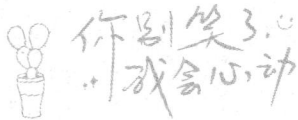

她儿子娃都满地爬了，不过最近好像做起了微商，卖卖茶叶。

一代黑心商人的司马昭之心，简直路人皆知。

柏松南看完，一句脏话又控制不住地冒了出来。

童华顺依然执着于找到柏松南带的那位女孩儿，在他身边扭来扭去地道："老大，你带的妞呢？去哪儿了？漂不漂亮？多少岁了？腿长不长？胸大不大？"

柏松南还来不及捂住童华顺那张破嘴，他那一句"胸大不大"就那么大大咧咧地说了出来。柏松南看着面无表情地站在他们后面的董西，一时之间只想把童华顺扔进沸腾的锅子里直接涮了吃了。

童华顺还没有意识到此刻的危险气氛，在那儿念念叨叨："老大，你不知道，找女朋友呢，脸长得好不好看都在其次，可这胸啊，一定要够大，嘶……哎呀，老大你踩我脚干吗？"

"75A，够不够大？"

董西冷冷的嗓音从背后传来，直把童华顺冻得一激灵，他猛地回头一看，就看见那位语出惊人的女子抱着臂坐在了座位上。

那腿啊，是真的长。

那胸啊，也是真的平。

童华顺被吓得不敢再说话，只得猥琐地朝着柏松南挤眉弄眼。然而柏松南却无暇理他，只是呆呆地坐在那里，一张俊脸突然爆红，像极了童华顺家里的夜宵城一到夏天就卖到断货的油爆虾。

童华顺摸了摸后脑勺，十分纳闷儿，心说自家老大，这是怎么了？

2

"所以说，我们是老乡，你们都是龙阳县的？"

对面三个男人不约而同地点了点头。

董西又问柏松南："所以你才认识以前的我？知道我以前的名字？"

"对。"

董西动了动唇，突然说了一句龙阳土话。

柏松南没有任何反应。

江山打圆场道："董小姐，南哥上初一的时候才搬到龙阳，我们那儿的话他也只是听得半懂，说是说不出来的呢。"

董西点点头，表示理解。她又有些奇怪："那怎么我以前都没听说过你？"

童华顺也十分惊讶："是啊，董小姐怎么没听过我们老大的名号呢？俗话说，龙阳九条道，南哥全都要。"

柏松南以眼神威慑，示意童华顺闭嘴。

江山也来凑热闹："龙阳柏松南，你不知道？芳心纵火犯，龙阳九千少女的梦啊。"

柏松南怒道："江山！"

江山和童华顺笑作一团。

董西也笑了："这我还真不知道。"

柏松南解释道："你不认识我正常，我们不是一个学校的。"

董西看他："那你是怎么认识我的？我们不是应该完全没有交集吗？"

柏松南没想到她一下子就抓到了问题的关键点，眼神有点闪躲，支吾半天，才说："我听我妹说起过你，说你是龙池有名的学霸，他们月考之前总喜欢去拜拜你。"

原来是这样，董西心中疑惑总算全消。

童华顺点了一根烟，抽了一口，贱贱地笑道："赵敏敏肯定拜得尤其多吧，那丫头成绩稀烂，也不知道是怎么考上的龙池。"

火锅店狭窄，里面还开了暖气，空气不是很流通，他这口烟一吸，坐他对面的董西就是二手烟的头号受害者，直把她呛得紧了眉心。

柏松南踹童华顺一脚："把烟给灭了。"

"为什么？"

"吸烟有害健康，小学课本里都写着，你不知道吗？"

童华顺像是听到了什么天大的笑话，捂嘴笑了好半天才说道："您

就别逗了吧，哥。就您这老烟枪，抽得比我还厉害，还搁这儿劝我说吸烟有害健康，哎呀逗死我了。"

柏松南横他一眼："我从今儿个起戒烟。"

童华顺依然一脸不可置信："逗我呢？"

手上倒是听话地把烟给灭了。

随后四人又闲聊了会儿，柏松南的朋友说话跟说相声似的，逗趣得很，还时不时地 cue 一下董西，哪怕她这么闷的性格，居然也没冷场。

只是她上午才从日本赶回来，一路风尘仆仆，都没歇上一觉，就直接来赴了柏松南的约，哪怕是铁打的人，此刻也有些精神不济了。

柏松南察觉了她眼里的疲惫，拿过椅背上的衣服，对她说："走吧，送你回家。"

童华顺道："就走？老大，不再聊个五毛钱的吗？"

"聊个头，去把账结了。"

童华顺屁颠屁颠地跑去结账，柏松南对江山一点头："走了。"

江山窝在椅子里，懒懒地冲他挥了下手。

两个人先走一步，经过柜台时，董西还听见童华顺号丧般的大喊声："老大，你怎么又吃这么多！你再这么下去，爸爸真的养不起你了啊！"

柏松南走在前面，像是没有听到。董西笑了一下，那笑融在冬日的夜色里，透着暖意，真的是十分好看。

年前几天，董西和美缘两人加班熬夜，紧赶慢赶，终于在大年三十前一天把成片做出来发给了客户，然后各自打包回家过年。

董西早在二十五岁那年就赚够了钱买了一套房子搬出来住，摄影虽然烧钱，但赚起钱来也十分快，她又是做的旅拍，能雇得起旅拍摄影师的人往往非富即贵，大多是一些富二代以及网红博主，给她的酬劳十分丰厚。她有了足够的钱，首先就用来买房子，倒不是说房子对她来说有多么重要，只是她受够了董母日复一日地唠叨，才选择搬出来独立生活。

搬出来固然好，但也意味着她在董母那里又多了一项被数落的把柄。

不孝。

母亲老了，不在跟前尽心照顾，反而搬出去住，十天半个月见不着人，不是不孝是什么？

董西原本不想回去过年，她的思想其实有点特别，从不觉得除夕是什么重要的日子，也没觉得全家人坐在一起吃一顿年夜饭有什么温情可言。更何况，自从她爸妈离婚后，她家过年也就只有她和母亲而已。

但她还是妥协了，她不想再从母亲那里听到更多的抱怨。

　　回到家，董母做了一桌子菜。她做菜的手艺很好，热乎的饭菜为这个家增添了一抹温情的味道。其实大多时候，只要董母不说话，也是个很好的妈妈。

　　董西饭量不大，吃了一碗饭就要放下筷子。董母看不过眼，忍不住说道："多吃点儿，你看看你都瘦成什么样儿了。"

　　董西顿了顿，最终还是没说什么，端着碗去厨房添了一碗饭。

　　董母见女儿乖乖听话，态度也软化了下来，只是人上了年纪，就是喜欢唠叨。没过多久，她又忍不住絮絮叨叨："你弟弟真是个没良心的，我好说歹说，让他留下来过年，他都多久没吃过我做的卤鸡腿了，他却不听，非得要回他爸那儿。"

　　董西实话实说："法院把他分给我爸了，他不回爸那儿回哪儿去？"

　　董母皱着眉抱怨道："又不是年年都得在我这儿过，也就今年一年呀！我知道，准是你爸那边的人黑心眼儿，不让我见我儿子，你爷爷奶奶把我当外人又不是一天两天了，肯定在董是耳边说了我不少坏话。董是年龄小，又分不清是非，大人说什么他都信。"

　　"他都二十一岁了，不小了。"董西忍不住说道。

　　"你们在爸爸妈妈眼里，永远是长不大的小孩子，别说董是，就是你一个快奔三的人了，在我眼里还是那个小姑娘。"

　　董西不置可否。

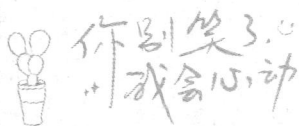

董母又幽幽地叹出口气："一转眼，你都快三十岁了，想当初我三十岁的时候，你都七八岁了。本来以为你就要结婚了，结果没想到竟然谈崩了，所以说这恋爱呀，谈久了不好，越谈矛盾越大，还不如两眼一抹黑，直接嫁了得了。"

她看着董西，认真地问："西儿，你和小傅还有复合的可能吗？"

董西把一筷子糖醋肉吞下肚，也十分认真地对她妈说："您别想了，这辈子都不可能。"

"那你实话跟我说，他是不是劈腿了？"

董西夹菜的手抖了一下，避开她妈探照灯似的视线，垂着眼睫轻声说："没有。"

董母还想再问，董西却说了一句"我吃完了"，随后就放下筷子去了客厅。

董母的注意力瞬间转移，老妈子本性发作，忍不住啰唆道："吃完放下筷子就跑，也不知道帮妈妈洗洗碗。"

董西听到了，又折回来帮她收拾碗筷，却被她拿筷子打开了手。

"走走走，半辈子没做过家务的人，怎么洗得干净，别待会儿把我碗给摔破了。"

董西："……"

第二天是除夕，董西和董母两个人过年，家里很冷清，只有电视的声音添了几分热闹。

吃过年夜饭，董母往董西脸上拍了一张面膜。

"做点儿保养吧，成天在外面东奔西跑，日晒雨淋的，也不怕到时候老得快。"

董西扶了扶脸上的面膜，躺在沙发里玩手机。

微信里有不少人给她发新年祝福，但是大多数人发的一看就是群发短信，只有贺维发的信息真心实意。

贺维："新年快乐！祝我的长腿女神在新的一年里钱包越来越鼓！长得越来越美！（虽然你现在就很美了！）虽然你高冷又不好接近，但我这么可爱，当然是选择原谅你啦！今后的很多年里，也要一起度过哦。"

董西会心一笑，敲了一个"新年快乐"发过去。

贺维马上发了几个撇嘴的表情过来，董西知道贺维这是在嫌弃她简短的新年祝福。

于是，她发微信问贺维："在做什么？"

贺维："还不是过年老三样，打牌、唠嗑儿、看春晚，无聊到爆。"

董西可以想象到她抱着手机唉声叹气的模样，不禁笑了一下。

董母感觉到了女儿的愉悦，马上问道："你在和谁聊天？"

"贺维。"

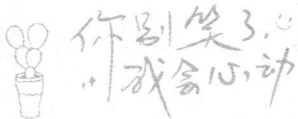

董母脸上的期待很快淡了下来："哦，是维维啊，要维维过来玩啊？"

"她得在家过年呢。"

董母一怔，发现自己忘了今天是除夕，毕竟母女二人躺在沙发里敷面膜实在是太过平常，不像是一个本该热闹喜庆的春节。

董母又忍不住想起了还没有和董西爸爸离婚的那些年，每到除夕，董西的各个伯伯叔叔姑姑嫂嫂都回家来过年了，这些人又拖家带口，七八个孩子在董家老屋里撒着欢儿乱跑。她那时还嫌他们吵闹，现在想来，也不失为一种安稳的幸福，只不过再也回不去了。

今年已经是她和董西爸爸离婚的第十个年头，期间不是没有后悔过，只是说出口的话覆水难收，谁也不想做最先低头的那个人。

到如今，竟然已经十年了。

董母的眼角不禁有些湿润，董西揭下脸上已经变干的面膜，像是什么都没看见似的，若无其事地说："妈，困了就去睡觉吧。"

董母擦了擦眼角，从沙发里起身。

"你也早点儿睡，知道吗？"

"知道了，去吧。"

董母进了卧室之后，客厅只剩下电视里传来的演小品的声音，情节和梗都很老套，笑点全无，也或许是因为当年看小品的那一批小孩儿已经长大。

董西听着听着，只觉得十分聒噪，干脆关了电视。

躺在沙发里，她突然觉得无聊起来，连手机都好像失去了诱惑力。

这个年，真如贺维所说，无聊爆了。

她合眼躺了一会儿，片刻后，睁开眼，拿过茶几上的车钥匙，出了门。

董西去了盘龙岭。

她自己都不知道怎么就一时兴起，在寒冷的冬夜出门，驱车来了这里。

又或许，她只是想来看一看这座城市的夜色。

只是她没想到，她不是来这里的第一个人。

还有柏松南。

她开车到山顶时，柏松南正站在夜色里抽烟。车灯打在他身上，他似是被惊到，侧身眯着眼朝这边看过来，头上戴着卫衣的帽子，凌乱的头发从里面支棱出来，看着颓废又丧气，深邃的五官被灯光一照，有种惊心动魄的俊美。

董西职业病犯了，手指微微挠动，忍不住又想拿相机拍下来。

董西推开车门走下来，柏松南认识她的车，但她这么晚了还过来这边着实让他有点惊讶。

"你怎么会来这里？"

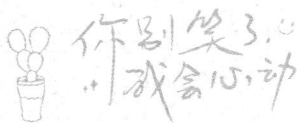

董西避而不答，只问他："不是说戒烟？"

柏松南看了看自己手中抽了一半的烟，把它碾熄，对董西说："不抽了，这是最后一根。"

他的嘴角挂着笑意，眼睛里细碎的光比天上的星辰还要璀璨几分，董西又挠了挠手。

"你还没告诉我，你怎么来了这里，董西？"

董西不答反问："那你怎么来了？"

柏松南呆了几秒，随后发出沉沉的笑声："想从你嘴里撬出话来真是太不容易了，董西。"

"在家待得无聊，出来走走。"董西解释道。

"我也是。"柏松南笑了笑，"今年的春晚太难看，我实在是看不下去了。"

董西赞同地点点头："年年都难看。"

"欸，我记得我以前还是觉得挺好看的。"

董西奇异道："你每年都看春晚？"

"呃，其实不看，我大多时候都在外面点炮仗玩。还记得有一年刘谦上春晚，不是有一句很流行的话嘛，第二天一个朋友就来对我说了。怎么说的来着，哦，现在，就是见证奇迹的时刻。"

"嗯？那你是怎么做的？"董西偏头问道。

柏松南抿嘴笑，好像是有些不好意思："我直接给他眼睛来了一拳，然后问他'怎么着，见到奇迹了吗'。"

董西一愣，然后忍不住："哈哈哈哈哈哈哈哈哈哈！"

柏松南呆呆地看着她的笑颜，突然说道："你应该多笑笑。"

你笑起来真好看，不笑也好看。

这句话他一直偷偷藏在心里，没敢说出口。

董西漫不经心地"嗯"了一声。

和柏松南在一起是一件十分轻松的事，她不必担心冷场，也不用费尽心思地找话题，柏松南自然就能把话匣子打开，他看着冷冷的好像不爱说话，其实话还挺多，算得上健谈又幽默。更重要的是，她不想说话时，他也就静静地站在她身边，这让她感到十分舒服。

她本就是个不善言辞的人，终于能从沉重的人际交往中得以喘口气。

这其实很奇怪，说起来她和柏松南认识也没有多久，一开始她还在为柏松南的自来熟感到气闷，没想到现在就已经有了"和他在一起很舒服"的想法了？但人与人之间的缘分就是如此神奇，有些人认识了一辈子也不过是点头之交，而有些人就是金风玉露一相逢，便胜却人间无数，一见便如故。

她和柏松南一边欣赏着夜色与山下的万家灯火，一边闲谈。

闲聊之间，董西知道了自从他爸死了之后，柏松南就是孤家寡人

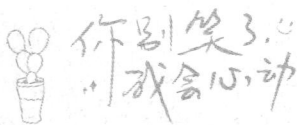

你别笑了，
我会心动

一个，大年夜里出来也不过是因为家里没有和他一起守岁的人，冷清得让人恍神。

柏松南也知道了董西父母在她高考之后就离了婚，分开时双方都抢着要董是，而她则被当成一只皮球踢来踢去，这件事一直是梗在她心里的一根刺。

两个人都孤独且满身伤口，在这个寒冷寂静的除夕夜里，彼此靠近，好像有什么奇怪的情绪开始在心底蔓延。这样，好像也挺不错，董西心想。

接近零点的时候，柏松南突然一脸神秘地冲董西说："接下来，就是见证奇迹的时刻。"

董西难得开玩笑道："怎么，你也要给我眼睛来一拳吗？"

刚一说完，她就听见"砰"的一声巨响，漫天的烟花在头顶炸裂开来，红的紫的升腾上天空，然后又如天女散花般铺陈开来，一朵接着一朵，照亮了半边天空，又逐渐湮灭于天际。

柏松南就在烟火声里，在她耳旁笑道："董西，新年快乐！"

董西呆呆地问："Z市不是禁止燃放爆竹吗？"

"是有这么一个规定，但今天不是除夕嘛。"

他低下头，绚烂的烟花映在他的眸子里，照亮了他英俊的脸，嘴角有着好看的笑意，他对董西说道："一年三百六十五天，总有一天

特殊的日子，值得庆祝。"

比如除夕夜，比如我遇见你的那一天。

他在心里悄悄说。

3

年初五的时候，董西就开始工作了，董母一边把她送上飞机，一边抱怨她都不在家多待几天。

"你说你，买了套房子有什么用，一年到头也住不了几天，干脆租出去，和妈妈一起住。"她说着说着突然软了语气，"妈妈有时候也会寂寞啊。"

董西看着母亲鬓边新生的银丝，突然心头一窒。关女士一直都是刚强得宛若一个女战士的模样，不知道什么时候竟然也长了白发。

她别过头，像是有些不忍心看下去，含糊道："我会考虑看看的。"

飞机直上云霄，带来一阵阵不舒适的耳鸣，董西拿出一片准备好的口香糖，扔进嘴里咀嚼，以缓解这种气压差导致的耳鸣。

这趟出差的终点是尼泊尔，一个最适合徒步旅行的国家。董西并不是第一次去那里，但她首先要飞去成都和顾客会合，然后再去乘坐国航。那是一条飞跃喜马拉雅山的航线，也是董西坐惯了的一条航线，夕阳洒在高山之巅的模样,是她此生见过的最美妙的风景之一。

手心里是陷入关机状态的手机,这场旅行大概要费时二十天,按照她的习惯,这部手机也会关闭二十天。手机信箱里,静静躺着一则柏松南给她发的消息。

内容是"一路平安"。

只是简单客气的祝福,却不知怎么就让董西心里升腾起了一股难以言喻的感动。她就像是一只猫,来去都突然,坐飞机已经是家常便饭,家人朋友都已经很少会来跟她说这句话,众人早就习惯她说走就走的旅行和不打招呼的失联。

她紧了紧手中的手机,望向舷窗外,大片大片飘逸的云朵四散在湛蓝的苍穹之上,她心里突然莫名其妙地冒出一种盼望,这美景该让柏松南也来看看才好。

从年后开始,董西就一直处于繁忙之中,这一忙,就忙到了新一年的五月入夏。在这段时间中,她还是搬去了董母的房子,自己的房子则选择租给了一对陪读的母子,每月一千五的租金,对她来说买个镜头都不够,干脆让董母来负责收租。

她和柏松南的关系也越来越好,每每出差回来时,柏松南也会接她吃一顿洗尘饭。这让贺维嫉妒不已,这次董西从青海回来后,贺维便非要赖着跟她一起去吃。

柏松南并不介意多带一个人，于是三个人一起去了顺子烧烤城。

顺子烧烤城就是上次柏松南的那个朋友童华顺家里开的一家夜宵店，白天店门紧闭，到了晚上才开门，一直开到凌晨三四点，风味上佳，是那些老居民都喜欢来的地方。

Z 市是一座慢节奏的城市，这里的人都喜欢享受。夏日炎炎，穿着背心、裤衩、人字拖，携家带口出门吃个夜宵，小龙虾、田螺配一打扎啤，边笑边侃，是这座城市入夏后最常见的场面。

三人来到这里时，烧烤城里已经人满为患，童华顺端着盘烤茄子冲他们挥手大喊："老大，这儿！来这儿！"

柏松南带着两个女生走过去，原来童华顺已经给他们留了一张桌子。江山也早到了，正拿着张塑料菜单在那儿看，听到童华顺的喊声后，抬头笑着打了个招呼："南哥，董小姐，这位怎么称呼？"

贺维白净的小脸上荡漾出一个甜甜的笑容来，嘴角还有一个梨窝："小哥哥，我叫贺维，祝贺的贺，维他奶的维。"

江山也笑得温文尔雅："贺小姐。"

贺维摆手："叫什么贺小姐啦，叫我贺维就可以啦，我又不是西西这个穷讲究的人。"

董西毫不客气地赏了她一个白眼。

吃惊的是童华顺，他一脸像被雷劈过一样，仔细端详了下贺维的

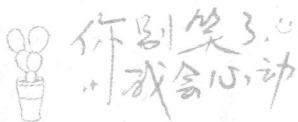

脸，不敢置信地问："你说，你叫贺维？"

贺维笑眼弯弯地回答："是的呀，小哥哥。"

童华顺的脸唰地红了。

贺维是个网红，直播时从来都是"小哥哥""宝宝"乱叫一通，亲热得仿佛和她直播间里的粉丝认识了八百年一样，人人都说主播禾微人美声又甜，所以这习惯她一时也改不掉，就带到了现实生活中，看到年轻点儿的就叫"小哥哥"，年纪大点儿的就是"大哥"，这种称呼其实就是一个见仁见智的事情。

像江山他笑一笑就过去了，并不会觉得贺维叫他一声"哥哥"还真就把他当哥了，可童华顺这倒霉催的，很明显是当真了。

红云一路烧到耳朵根，童华顺还反回来问董西："你是董西？"

董西没回答，觉得他可能是一个智障。

童华顺却恍然大悟，这可真是大水冲了龙王庙，老大带两个妹子来吃夜宵，其中有一个竟然是他的初恋。

"贺维"这两个字一说出来，好像瞬间就在童华顺心上开了一枪，让他再次掉进了爱情的旋涡。

事实证明，岁月不仅是把杀猪刀，还可以是把手术刀。曾经的娃娃脸女孩儿已经变成了锥子脸，脱去脸上厚厚的黑框眼镜后，换成了靛蓝色带着星空花纹的小直径美瞳，再加上泱泱中华大国神奇的化妆术，硬生生地没叫他认出来这是那个少年时代曾经让他怦然心动的女孩儿，不过她嘴角那个甜美的梨窝还是一如既往的好看。

童华顺把手中的烤茄子往自家帮工手里一塞，又蹬开了江山，顺势一屁股坐在了贺维身边，把江山手中的菜单抢过来递给她，如沐春风地问："想吃什么，随便点！"

贺维咬着手指犹疑不定。

童华顺指着菜单道："这个卤虾还不错，最入味，再搞个羊肉串，掌中宝、芥末鱿鱼也还行，开个胃挺合适。哦对了，你吃素吗？吃素的话那必须来份烤茄子，烤香干其实也不错，韭菜你吃吗？我跟你说这个可好吃了，夜宵必备单品。"

贺维托腮笑道："小哥哥你来点就可以啦，我不挑。"

童华顺红着一张老脸傻笑。

江山、董西和柏松南三个人就抱着手臂坐在一边冷眼旁观。

童华顺点了一大桌子菜，又叫了一打冰啤酒。

柏松南坐在董西身边，突然起身走进店里，再回来的时候，手里拿了一瓶维他奶。

他拧开盖子顺手递给了董西。

贺维见了这场景，神色暧昧地撞了董西胳膊肘一下，换来董西不咸不淡的一眼。

贺维刚想说什么，旁边的童华顺就热情地给她拿了几串羊肉串，招呼她道："贺维，来！尝尝！"

贺维立马回身笑眯眯道："好的，谢谢你。"

好在柏松南没有看见她们之间的暗潮涌动，只拿了手套默默剥虾，剥好了就放在董西的碟子里。

董西看了制止道："我自己剥就可以了，你吃你的吧。"

柏松南一愣："我对虾过敏吃不了，反正闲着也是闲着，给你剥吧。"

董西还想开口，江山却突然笑着说道："是啊，董小姐，你不知道，南哥什么都吃，唯独对水里游的过敏，他家里以前是做水产的，可他愣是连条鱼都没吃过。"

柏松南脸一红，在桌子底下踢了江山一脚，示意他别说了。

什么做水产的，乍一听还挺厉害的样子，其实他家不过是龙阳水产市场里一家杀鱼的而已。

江山不知道自己哪里说错了，抬眼去看柏松南，却见他脸色晦暗了几分，但还是勤勤恳恳地给董西剥着虾。

董西吃东西时慢条斯理，那虾在她碟子里已经堆成了一座小山。

她倒是有几分好奇，偏头问柏松南："你海鲜过敏？"

柏松南点了点头。

贺维嚷嚷着开口："那南哥你真是没口福呀，海鲜可好吃了，生

蚝青口帝王蟹，样样儿都是人间美味。西西这人虽然不爱吃饭，但如果是海鲜的话，她能吃上两大碗。"

柏松南听了，低头问道："原来你喜欢吃海鲜？"

他靠得有些近，董西鼻端瞬间传来他身上的气息，干燥又清新的成年男子气息，像雨后青草的味道，她有些不习惯，身子往后倾了一下。

就这么个细微的动作，柏松南很快就察觉到了，他眼眸不经意地暗了一下，马上礼貌地退回到了正常的社交距离。

董西不自觉地松了口气，有些不自然地回答："还成。"

柏松南想，那就是喜欢了。

董西这人其实有些口不对心，她说"还成"的时候一般就是"十分喜欢"。心底顶了天的欢喜，经她的嘴一说出来，叫人听着情意首先也就减了五六成，剩下的几分又不显山不露水的，被不熟悉的人听去，还真的以为她只是区区的"还成"，没那么喜欢。

贺维熟悉她这习惯，撇了撇嘴，对柏松南说道："南哥，我们西西这人啊，就是太傲娇，她说的所有话都要反着听，西西……唔……"

董西把一筷子虾夹进她嘴里，亲切地嘱咐道："慢点儿吃。"

童华顺看得心疼，举起酒杯对大家说道："来来来，喝酒喝酒。"

众人端起酒杯，董西也举起了手中的维他奶。

童华顺看着贺维孱弱的小身板，对她说道："我帮你喝，你就不要喝了吧。"

贺维好不容易咽下满嘴的虾，把酒杯满上，对着童华顺粲然一笑，露出嘴角乖巧的梨窝。

"不用啦，小哥哥。"

童华顺后面才知道贺维这句"不用"是什么意思。一个一米六都不到的女孩子，居然脸不红心不跳地把他一个大男人喝趴下了。

他何其有幸，认了个老大，是个饭桶，重逢了心仪的女孩儿，看着瘦弱叫人疼，结果是个酒桶，喝酒跟喝水似的。

江山无语地问："同花顺，你还行不行？"

童华顺一抬手，严肃道："别动，我还能喝。"

"那你头晕不晕？"

"不晕，一点也不晕。"

江山崩溃道："你不晕干吗晃来晃去？"

童华顺坐在椅子上晃得东倒西歪，还故作坚强道："我一点也不晕！"话音刚落，他就以头点地，往桌子上重重一磕，怎么叫都没反应了。

众人："……"

童华顺这么一倒，本来打算送微醺的女孩子回家的心愿算是泡了

汤，他瞧上的女孩儿正好是个海量，千杯不醉，怕是这辈子都没机会见到她微醺的模样了。

贺维拿着包包和外套往江山身边一站，十分上道地说："那我就由这位哥哥送回家了，南哥就拜托你送一送西西了。"

董西说道："嗯？你不和我一起回去？"

贺维马上娇弱地扶额往旁边一倒，江山顺势虚扶着她。

"哎呀哎呀，我醉了啦，西西你一个女孩子，扶不住我的。"

董西捏了捏自己胳膊上硬实的肌肉，感觉自己要扶个贺维还是可以扶得动的，更何况贺维明明是酒罐子里泡大的，根本就没醉。

不过贺维压根儿没给她机会，早就三步并作一步地和江山走了，那健步如飞样，比市场买菜的老头儿老太太还要走得快。

董西："……"

"走吧，我送你回家。"柏松南低头对她说道。

"我可以自己回，不用送。"

董西说完，就拿起包径直往前走。柏松南却跟了上来，没皮没脸地说："那你送我回去吧，我喝得有点醉。"

董西看着他醉后依然稳健的步伐，不禁失笑。

两个人沿着初夏的马路边慢慢散步，董西问他："你知道你朋友和贺维是怎么回事吗？"

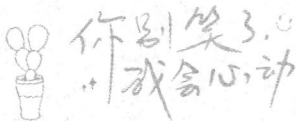

柏松南并肩和她走着，两人之间保持着一掌的距离，不会太疏离，也不会太亲近。

柏松南偷偷地比画了一下两人之间的距离，一时间没有听到董西的话，董西只好又问了一遍。

他才后知后觉地回道："哦，同花顺读书那会儿喜欢过贺维。"

"嗯？"

董西有些惊讶，因为贺维高中的时候并不像现在这么张扬，也没有现在这么漂亮。

贺维那时内向害羞，不爱说话，脸上还有婴儿肥，又常年戴着一副黑框眼镜，遮去了她那双炯炯有神的大眼睛，即使下课了也总是坐在座位上抱着漫画和一些奇奇怪怪的小说看。粗粗看来并不是那种惹眼的女孩子，身后的狂蜂浪蝶也少。

如果说有的话，就只有那么一个……

"童华顺……是那个堵过贺维的小混混？"董西难以置信地问。

小……混混。

柏松南突然觉得脸有些热，因为童华顺一直"老大老大"地叫他，如果说童华顺是小混混，那他岂不就是小混混的头儿了。

"不……不是堵她，同花顺本来是打算向她告白来着。但同花顺这人脑子有问题，为了壮胆，叫了一帮兄弟陪他，结果就让贺维误会了。"

董西有些无语，同时又觉得有些黑色幽默，为了壮胆叫了一群人跟着去告白，结果让妹子误会他是来打劫的。这事儿也确实像童华顺能做出来的事。

董西忍俊不禁，怀念起从前来。

"我那时候经过那儿，也以为他们是在欺负贺维来着，还顺手帮了一把。"

柏松南沉沉地笑了开来，眉眼都是温柔的笑意。

"我记得当时还打了一架，小时候我因为董是，打过不少架，所以对自己的身手有种盲目的自信。结果你朋友他们还挺厉害的，我打不过，就带着贺维跑了，现在想想都觉得好狼狈。"

柏松南下意识地反驳："不狼狈，你身手挺好的。"

"嗯？"董西抬头问，"你怎么知道？你看到了？"

"没……我……听说的。"

"听你朋友说的吧？"

柏松南别过头，耳际有一抹可疑的红云，低低道："嗯。"

董西没注意到，突然有些感慨："他过了这么久，还是喜欢贺维吗？真难得。"

"怎么难得？"

"喜欢一个人十年之久，不难得吗？"

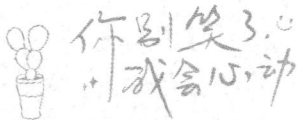

她抬头见柏松南一脸不赞同的样子，摆手笑了。只是怎么看，那笑都像是含着点儿感伤。

"你不知道，专情其实是一件很难的事。"

两人正好走到十字路口，红灯亮起，60 秒的倒数。

柏松南直视前方，突然说道："很难吗？"

董西微笑："在我看来很难。"

"那你有没有想过？"

董西等了会儿，没能等到他的下文，只好问他："想过什么？"

"想过有一个人……喜欢了你很久很久？"

之后就是长久的静默，其实也没那么久，只是随着红灯的时间逐渐变成 10、9、8、7……董西觉得她和柏松南好像被裹挟进了一个无垠宇宙中的一个黑洞，在那里，时间流速很慢，每一秒都像一个小时那么长。

董西觉得自己又变回了不善社交的模样，笨嘴拙舌，不知道该怎么去接别人的话，虽然面上镇静，心里却焦虑起来。

柏松南却一如既往地直视前方，看不出她的不自在。

时间倒数，3、2、1。

绿灯亮起。

"走吧，绿灯了。"他若无其事地说道。

4

最终还是变成了柏松南送董西回家，等走到家里小区附近时，董西便急急催柏松南回去："你回家吧，路上小心点。"

"你先进去，我看你进去了再走。"

董西便转身准备进去，柏松南却突然叫住了她。

董西转身看着他。

柏松南酝酿了好一会儿才开口："董西，你……拍不拍婚纱照？"

董西："……"

似乎是意识到自己的话容易让人误会，柏松南急忙摆手解释道："不……不是我俩的婚纱照，是……"

董西的脸突然红了，赶紧打断他的胡言乱语："我知道！你是要我给你的朋友拍婚纱照吧？"

"呃，不是，不是朋友，是我妹妹，赵敏敏，她和她丈夫五周年结婚纪念日快到了，所以想新拍一组婚纱照。"柏松南抓了抓后脑勺，没话找话，"你不知道，我这个妹妹，人有些矫情，明明都拍过婚纱照了，还非得再拍一组，她老公又是个耳根子软的，说什么都听。这不最近就到处在找摄影师嘛，她挑三拣四的，结果她看了你给我拍的照片后，挺喜欢的，就问我能不能联系上你。"

董西耐心听完了柏松南这一长段话，想了一会儿，然后对他说：

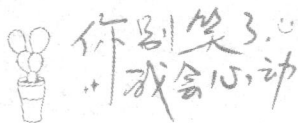

"我……可能你妹妹不会喜欢我的拍照风格。"

"会喜欢的，她一定会喜欢的！"柏松南急切地说道。

董西怔了一会儿，才说："行吧，那我试试，可以聊一聊。"

柏松南露出一个惊喜的笑。

"什么！"

电话那头贺维的声音陡然拔高，足以听出话语里满满的意外与不可置信。

董西揉了揉耳朵。

"你居然同意拍婚纱照！你不是从来都不给人拍婚纱照的吗？"

"凡事都有例外。"

"但你居然把这个例外给了南哥！"贺维叹了口气，神神道道，"西西，我认识你这么久，就从没见过你例外过，现在居然为南哥打破了你的规矩。"

她下结论道："你完了，西西，你完了，你和南哥友谊的小船翻了，成功掉进了爱情的小河。"

董西打了个哈欠："说完没？完了就挂，我要睡觉了。"

贺维在电话那头咋咋呼呼："哟呵！你现在都不反驳我了呀，有点问题。"

"你疑神疑鬼也不是一天两天了，上次不还怀疑我和那 Selena 有一腿？"

贺维成功地被转移话题："哎呀，那美国人看你的眼神一看就有问题嘛，你难道不知道自己身高腿长胸又平，还有马甲线，对那些人来说是致命的诱惑吗？"她话锋一转，"不过这次我一说你就来反驳我，嗯，你心虚了，有点问题。"

董西："……"

随后，她不管贺维的鬼吼鬼叫，强行挂断了电话，顿时整个世界都清静了下来。

柏松南为董西约好了一周后去和赵敏敏商谈，地点就定在可可西里奶茶店。

一周的时间很快就过去了，董西比约定的时间早到十五分钟，这是她一贯的社交礼仪。

她这是第三次来可可西里奶茶店，和前两次来的情况不一样，这次奶茶店里并没有清场，还是正常营业。

夏季本来就是奶茶销售的高峰时期，此时的可可西里奶茶店更是人满为患，甚至店前还排起了长龙，董西总算亲身见证了可可西里奶茶店的火爆程度。

她进门时，听见两个女孩子撑着伞在那里你一嘴我一嘴地讨论：

"风在可可西里，而你在我心里，好浪漫的一句话啊。"

"对呀对呀，我当时来喝这家的奶茶，就被这句话给吸引到了，听说这是老板亲手写的。"

"天哪，这么'苏'的吗？这得是多么温柔的人，才能写出这样的话啊……"

女孩子叽叽喳喳的话被落在身后，董西不禁莞尔一笑，看向吧台，胖胖的店长正忙得脚不沾地，后背都湿了一块，而那些女孩子口中很"温柔"的柏松南也在那里忙活着。柏松南眉目沉静，伸手把一杯刚做好的水果茶递给客人，手上青筋分明，浓烈的雄性荷尔蒙气场立马引起那个女孩子娇羞得脸红。

长队中还有不少举着手机明目张胆偷拍他的人。

董西走过去，敲了敲吧台。

柏松南抬头，看到她十分意外，话还没说，笑意就先泄露了出来。

"你怎么来这么早？"

"习惯。"

柏松南走出吧台，对她说："你先跟我来。"

董西跟在柏松南身后，七拐八绕，首先见到的是一丛苍翠欲滴的绿植，绕过这些绿植，才发现背后隐了两排沙发和一个桌子，还放着一排书架，上面放满了各式种类的书，有奇闻秘史、都市怪谈，有犯罪心理之类的专业书籍，也有几本当下盛行的武侠小说，有的甚至连董西都听过。

倒是个僻静的所在。

"这个位置早就给你们留好了，方便你们谈事情，店里人比较多。"

董西点点头，随口一提道："你这儿的书还挺杂，什么都有。"

柏松南失笑："这都是赵敏敏那丫头放的，她喜欢看书，而且自己也写书。我都忘记和你说了，这几本就是她写的。"

他指了指书架上那几本武侠小说。

董西顿时睁大了眼。

原来他的妹妹这么大来头。

说曹操曹操就到，董西刚隔着层层叠叠的绿植看到恍惚的人影，赵敏敏一家就出现在了她眼前。

灵动娇俏的女人留着长发，扎在脑后，穿着一身长裙，配一件防晒开衫，怀里还抱着一只白猫，身边的男人应该就是柏松南口中"耳根子软"的丈夫，刚好高出女人一个头。董西从事摄影，见过不少颜值逆天的模特，可都没有眼前这个男人生得好，眉眼恰到好处，多一分媚俗，少一分寡淡，十分有味道。

更绝的是，男人怀里还抱着个穿黄色背带裤的小男孩，五官精致，一看就继承了自家父母最优秀的基因。

你别笑了，我会心动

小男孩一看见柏松南，便张开两截嫩藕般白净的手臂，脆生生地喊道："舅舅！"

柏松南接过小男孩，把他一头细软的头发揉得乱七八糟。

"喂喂，你好啊。"

魏喂喂的妈妈赵敏敏把手中的猫往自家老公怀里一塞，然后又在自己的长裙上使劲地搓了两下，才敬畏地伸出两只手，冲着董西一笑。

"您就是董西学姐吧？学姐好学姐好，我是低您一届的赵敏敏。"

那笑容，怎么说呢，董西看了都很想扔给她一根肉骨头。

董西笑着握住了她的手："你好，我是董西。"

赵敏敏两只手抓住董西，热泪盈眶地冲身旁的男人吼道："魏行止魏行止，你看到没？我和我们学校的考神握手了！你快！快把这历史性的会晤给拍下来！"

董西以为她只是说笑，没想到高个子男人真的满脸无奈地掏出了手机，把她俩交叠在一起的手给拍了下来。

董西："……"

拍完之后，他对董西礼貌颔首："你好，我是魏行止，赵敏敏的丈夫。"

被柏松南抱着的小男孩也探过头来："你好，我是魏喂喂，赵敏敏的儿子。"

赵敏敏捏了捏他的鼻子，一脸凶悍道："叫妈妈，蠢儿子。"

魏喂喂捂着鼻子瞪她。

"好了，你们坐，我去做东西给你们吃。"柏松南无奈道，又把魏喂喂放在了沙发上。

三个大人这才依次坐下。

赵敏敏坐在沙发上，又把那只白猫抱在了怀里。那只猫像是上了年纪，懒懒的，不想动，阖着眼睛在赵敏敏怀里打盹。

赵敏敏见董西盯了它半天，便笑着对她说："学姐，你要不要摸一摸？它叫雪媚娘，可乖了。"

"我？不用了吧？"董西尴尬道。她从没摸过这种脆弱的毛茸茸的小动物，小时候倒是喜欢过，只不过董母嫌弃猫狗长跳蚤，脏得很，从不让她养。

赵敏敏却把手中的猫往她眼前一递："摸摸吧，学姐，看得出来你很喜欢。"

董西便赶鸭子上架地摸了摸雪媚娘背部的皮毛，软软的，很蓬松，董西几乎是一瞬间就爱上了这种触感，连摸了好几下。

雪媚娘先是睁开了一双湛黄的猫眼，随后像被董西冰凉的手撸得舒服，眯了眯眼，"喵"了一声。

赵敏敏干脆把雪媚娘递给了董西抱着，雪媚娘安静地蜷在董西的腿上睡觉，董西有一下没一下地抚摸着它。

柏松南端着甜点奶茶走过来时见到的就是这么一幅场景，雪白的猫躺在董西的腿上，董西时不时低头用手抚摸着它，脸上的表情沉静又温柔。他的心脏不受控制地快速跳动了起来，眼神有点发亮，带着些不自觉的宠溺和笑意。

他在原地又站着看了好一会儿，直到感觉胸腔里的动静已经缓和下来了，他才走过去，把吃的放在了桌子上。

给董西的是一份草莓芝士挞和有着满满菠萝果肉的水果茶，给赵敏敏的是柠檬水和抹茶红豆卷，给魏喂喂的则是奶昔和一些饼干，魏行止不爱吃甜的，就给他做了一杯冰咖啡。

赵敏敏看了看，顿时不满道："哥，为什么学姐的是草莓芝士挞，我的就是抹茶红豆卷，你还给我配杯酸不拉几的柠檬水，你这心都要偏到姥姥家去了！"

柏松南抬手就给她来了个脑瓜崩儿："你不是和我说你要减肥？少吃点儿甜的吧你！"

"我都已经胖了，再多吃几口又能胖到哪里去！你竟然敢敲我这颗珍贵的头颅？老公，你还不来保护我这颗价值千万的脑袋！"

魏行止大手往她脑袋上一罩，对柏松南道："别打了，本来就够傻了，再打就直接老年痴呆了。"

董西："……"

赵敏敏气得冒烟，看到自己儿子在一旁专心地喝着奶昔，无意理她这个老妈，顿时气不打一处来："魏喂喂，别喝啦！你今天穿的背带裤，上厕所好麻烦的。"

魏喂喂振振有词："是爸爸带我去嘘嘘，又不是妈妈你带。"

赵敏敏：好气哦。

柏松南摸了把魏喂喂的小脸蛋，然后躬身对董西说："你和他们聊，店里有些忙，我先过去了。"

董西点点头。

她拿起勺子尝了口甜点，只觉得像是有万千烟花在舌尖味蕾绽放。不得不说，可可西里奶茶店的东西是真的好吃，她本来是一个极为念旧的人，不容易也不习惯去接触新的事物，连手机屏保一用都是好几年，但这里的甜点却让她在第一次尝到时就入了心。

赵敏敏尝了口自己的甜点，然后跃跃欲试地看着董西："学姐，我能尝一口你的不？"

她的眼睛很大，扑闪扑闪的，董西被她这样看着，根本拒绝不了，把碟子往她那边推了推。

赵敏敏吃了一口，顿时眯了眼："嗯，我哥的手艺，好吃多了。"

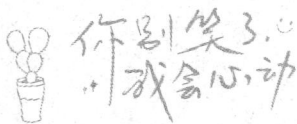

吃过东西，总算开始聊起正事来。

董西认真地问："你们想拍什么风格的婚纱照？有一些风格我不一定拍得来。"

赵敏敏说："学姐，我可以看看你拍过的吗？"

董西愣了愣，才道："我婚纱照拍得少，所以没有照片供你参考。"

"那就算了，"赵敏敏不在意地道，"学姐，你想怎么拍就怎么拍，随意发挥，反正我老公长得够帅，什么风格都能 hold 住。"

魏行止闻言，无语地瞟了她一眼。

董西忍不住笑了："你说的是。"

"嘿嘿，学姐笑起来真好看。"赵敏敏捂嘴一笑，"对了，学姐，我哥有没有告诉你，我们不是要在棚里拍，我们想要出去拍。"

"嗯？你们想去哪里？"董西有些意外。

"湘西，凤凰。"魏行止告诉董西。

董西端着杯子的手抖了一下，溅出了点儿水渍在桌子上。

魏喂喂眼尖地瞧见了，指着桌子，奶声奶气道："洒啦，水洒啦。"

董西对他露出一个和善的笑："对，是阿姨太不小心啦。"

KEKEXILI

POST

Chapter 04

我带了我喜欢的女孩子过来

1

怀化高铁站内。

"你说什么？你给我再说一遍？"

"我说，我们去不了啦。"

视频通话里，赵敏敏一张大脸贴到镜头前，笑得老实又无辜。

柏松南难以置信："这是你们的五周年纪念日旅行！是你们要拍婚纱照！你们还让我来搬行李！结果呢？人都没来！"

赵敏敏愁眉苦脸道："没办法嘛，谁让魏喂喂突然胃痛。来，儿子，给你舅舅展示一下。"

躺在她身边的魏喂喂听到妈妈叫他，马上丢掉手中的香蕉，捂住胸口，小脸因为表演过度，都皱到了一起。

"舅舅，哎哟，我的肚子好痛，哎哟哎哟。"

柏松南："……"

傻孩子，你捂的是心脏，不是胃。

"总之，我们是去不了啦。哥，我手机没电啦，就先挂了。"

"别……"

柏松南一句话还没说完，视频通话就被那边挂断了。他拿着手机，一时之间不知道该怎么向站在一旁的董西解释。

董西的视线从出站口外一对相拥的情侣身上转移回来，问他："怎么了，他们没来？"

"呃，是……魏喂喂肚子痛，"讲到这里，他突然觉得有些心虚，脸上发烫，但还是坚持讲完，"他们夫妇得留在家照顾他。"

董西点了点头。

柏松南说："那要不我们……"

"回去吧。"董西说道。

"啊？"柏松南一句"留下来玩玩"卡在嗓子里，没说出来。

董西定定地看着他："不然呢？要拍照的人都没来。"

董西第一次被顾客放鸽子，心情多少有些不虞。从 Z 市到怀化，没有直达的飞机，只能选择坐三个小时的高铁，路途疲累，结果到了目的地又被告知此次旅拍泡汤。

就算是脾气再好的人都经不起这样戏弄，只是念在赵敏敏是柏松南的妹妹，她才勉强将不快压在心底没有发作。

神奇的是，柏松南居然看出了她的不开心，低下头对她说道："别生气，等我回去就把赵敏敏给炸至两面金黄，再去她微博底下写两千字长评，让她粉丝都看看她是怎样言而无信的一个人，再摸进她电脑，把她的文档全给删掉……"

短短几分钟时间，他已经说出十几种惩罚赵敏敏的方法，无所不用其极，其手段之"残忍"，让董西都听不下去。

"好了好了，她也没犯那么大错。"

柏松南这才打住不说了，翻开手机，查了查票，眼睛乍然一亮。

他又顿了顿，然后用一种非常懊恼和惋惜的语气对董西说："董西，咱们回不去了，回去的高铁票已经没有了。"

董西说："哦，没事儿，那你再看看汽车票，应该还有。"

一看汽车票，余票果然还很多，柏松南不经意地问："长途汽车站离这边应该很远吧？"

"不远，就在旁边。"

柏松南："……"

"走吧，去站里买票。"

董西拖着行李欲走，行李箱却被柏松南单手按住。

她回头问："怎么了？"

柏松南皱着眉一脸为难："你看，这来都来了……"

当代社会青年常用句式：来都来了，那就进去看看。

董西听出他的言下之意，但还是问："你想去凤凰？"

柏松南点了点头。

"为什么?"

柏松南满脸真诚地对她说:"我小时候看过徐志摩写的《边城》,觉得写得特别好,所以一直想来凤凰看看,但是时间总是凑不出。这次好不容易趁着他们来这边拍婚纱照,就想过来看看。"

董西了然,看他眼底闪着期待,像一个索要糖果的小孩儿,便只好说道:"那好吧。"

"什……什么?"他一时没反应过来。

"我说好吧,去凤凰吧。"

"我们两个人吗?"

"不然呢?"董西睨他一眼,"你想半个人去?"

柏松南:"……"

董西这冷不丁说个笑话的习惯真的让人难以招架。

他抢过董西手中的行李,目光直视前方,尽量保持严肃正经:"我帮你拿。"然而嘴角的笑快要咧到耳根,窃喜之意压都压不住。

"哦,对了。"

"嗯?什么?"他回头问道。

董西漫不经心地说:"写《边城》的是沈从文,不是徐志摩。"

然后,有趣的一幕发生了,她亲眼看见柏松南的笑容逐渐消失,无比生动地诠释了什么叫"尬破天际"。

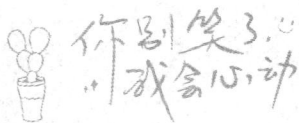

你别笑了,我会心动

赵敏敏此时正坐在床上暗暗窃喜，突然一连打了三个喷嚏。身后传来一阵温热，魏行止从后面环住她，低沉的嗓音在她耳边响起："怎么了？感冒了？"

"没有呀，"她揉了揉发酸的鼻子，"应该是我哥在骂我吧。"

"咱们这样做会不会有些不好？"

"有什么不好的呀？这样才好呢，要不就我哥那鸵鸟性格，还得等到什么时候。我从十七岁起，看他暗恋董西学姐，一直看到二十七岁，我都已经结婚生子了，结果他还在搞暗恋！你信不信，万一之后董西学姐披着婚纱嫁给别人了，他都只会笑着在下面去接她的捧花，然后转头回家哭得稀里哗啦。"

魏行止心说他这还真不是胆子小，只是男人在自己喜欢的女人面前总是会过度小心。不过老婆的话哪能顶撞，他嘴上赞同道："确实，他胆子是有点小。"

"所以嘛，我这是在给他制造机会！这天高皇帝远，又花前月下的，我就不信不会发生点儿什么！为了他的幸福，我这还在学姐面前做了回失信的小人，唉，也不知道学姐会怎么想我……"

魏行止轻声安慰她。

赵敏敏余光中瞄到魏喂喂又去偷偷摸摸掰第二根香蕉，她眼刀子一扔，叫道："魏喂喂，你还吃，吃胖了以后是找不到媳妇儿的！"

魏喂喂瘪着小嘴反驳："你胡说！舅舅不胖，可他也没有找到媳妇儿。"

赵敏敏得意扬扬："哼，你舅舅马上就要有媳妇儿了，你的媳妇儿还在别人的肚子里呢。"

魏喂喂一听，也不知道自己的媳妇儿究竟是什么怪物，居然长在人的肚子里，他吓得咧开嘴，惊天动地地哇哇大哭起来。

从怀化至凤凰还有一个小时的车程，董西正好认识一个租车师傅，便叫来了他。

师傅姓石，说着一口怀化土话，柏松南听不懂，但董西懂，和他打了声招呼。

司机师傅叽里呱啦说了一长串，董西简短回他几句，然后他又是叽里呱啦一大长串，这次董西倒是没有很快地回答，而是呆了片刻，才回道："不，他没来。"

他？哪个他？

柏松南有些疑惑，但到底没去问董西。

把行李放进后备厢，董西和柏松南坐在后排，车子开动。

驶入高速后，柏松南看着车窗外，不禁感叹道："好高的山。"

董西循着他的目光看过去，嗤笑道："这算什么高的山，你打西南边去，那边的山可比这里的山高多了。"

"你去过？"

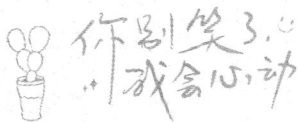

"去过无数次。"

柏松南笑道: "哦, 对了, 你还去爬过喜马拉雅山呢, 那这山对你来说确实小儿科。"

"谁告诉你的? 美缘?"

他点了点头。

董西就知道是美缘说的。美缘年纪轻, 有她这个年纪的女孩子所有的小毛病, 不爱运动、咋呼冒失, 同时又喜欢崇拜别人。在美缘看来, 喜马拉雅山就是一个活地狱, 年年失事率都很高, 多少背包客兴致满满地想要去征服世界最高峰, 结果再也没回来。可董西不仅去了, 还完好无损、神清气爽地回来了, 这太酷炫了, 简直是可以说给未来孙子孙女听的床头故事, 要传它个几百年的呀! 因此, 美缘逢人就得说上一句 "我西姐, 那当年怎样怎样"。

柏松南好奇地问: "为什么想到去爬喜马拉雅山呢?"

董西陷在了自己的思绪里, 反应迟钝了些, 迟迟没有回答柏松南的问题。

他只好又问了一遍: "为什么?"

董西愣了半晌: "嗯? 什么为什么? 哦, 为什么要爬喜马拉雅, 因为……我想看看喜马拉雅山上的日出。"

柏松南惊愕: "就这么简单?"

"嗯。"

就这么简单，只是为了看一场日出，她谁也没告诉，也没作一场告别。背着行囊，就独自一人踏上了旅途，哪怕她可能客死他乡，埋骨于积年冰川之下。

柏松南不禁感慨："董西，你有一个自由的灵魂。"

董西没搭话，过了许久，柏松南都以为这个话题就要这么过去了，她却突然说道："也许吧。"

她一贯八风不动的脸上，似乎闪过了一丝悲伤的表情，但那神情很快就消失了，她又变成了那个冷冷淡淡的董西。柏松南不禁有些怀疑，是不是自己看错了。

2

湖南省，凤凰县，这是一座始建于清康熙十四年的古城，与云南丽江古城、山西平遥古城齐名，民间素有"北平遥、南凤凰"的说法，在湖南的名气很盛。

等到了古城，董西先带着柏松南去找客栈。

古城内有近百条青石板街，其复杂程度可想而知，然而董西带着柏松南七拐八绕，脚步游刃有余。

柏松南不禁问道："你来过凤凰？"

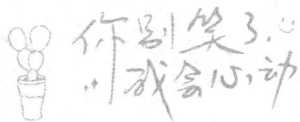

"嗯。"

"一个人吗？"

董西默了片刻，才淡淡道："不是。"

柏松南想起了刚刚那个"他"，心中有些黯然，不再问下去。

凤凰小城四周青山环绕，中间一条沱江弯弯绕绕，正是《边城》里女主角翠翠垂泪的那条江。房屋临水而建，为防江水腐蚀木质地板，也避免江水漫进房屋，所以设计成了湘西这边极具特色的吊脚楼形式，古城被风雨侵蚀三百多年，已经逐渐有了一边倒的颓势，摇摇欲坠的样子，看着不免让人心慌。

董西虽然知道柏松南不会怕，但还是解释道："看着危险，但里面很稳固。"

柏松南点头。

到达凤凰的时候已经是下午，董西和柏松南吃了顿饭，然后随意逛了逛。

古城内有很多卖花的阿婆，专门逮着情侣推销花，董西和柏松南并肩走着，总被人误会成情侣。

柏松南被拦下来过很多次，满脸皱纹的阿婆背着背篓，慈眉善目。

"小哥，给你女朋友买朵花吧。"

柏松南的手才微微抬起，就被董西压下，她对阿婆说："谢谢，不需要。"

"不要买，"她把他拉走，一边悄声嘱咐，"买了一朵，后面就会有越来越多的人来找你买。"

"哦。"柏松南红着耳根低声应道，手指却轻轻搓了搓，那上面好像还残存着董西刚才伸手拉住他的温度。凉凉的，就像她这个人一样，是夏天兜头的一盆凉水，驱散了热意带来的烦闷，让人通体畅快。

买花大军走了，又来了一波编头发大军。阿婆们拿着板凳和彩线，围上来不厌其烦地问你"编个头发吧，十元五根"。

董西纷纷拒绝，直到走出三条街，拐进天桥下时，还听见一个弱弱的声音不依不饶地问："姑娘，编个头发吧。"

董西和柏松南相视一笑，彼此脸上都是无奈的表情。

"那就编一个吧。"两人最终妥协道。

时间晃眼到了晚上，古城多酒吧，这好像已经成了一个潜规则。

凤凰也不例外，沱江沿岸，清吧、嗨吧都有，时不时还传来动感舞曲的声音，酒吧外则站着穿着清凉、笑容开朗的员工在热情地揽客："小哥哥，进来玩玩吧，两百块开一个台哦，很划算的。"

柏松南都不理会。

董西好奇地问："不感兴趣？"

"不是，可你不是不能喝酒吗？"

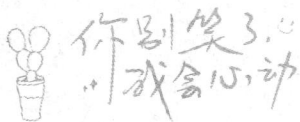

"你怎么知道我不能喝酒？"

柏松南哑口无言。

董西懒得追根究底，只笑着打趣："柏松南，你好像很了解我。"又说，"走吧，酒吧又不止喝酒一件事可做。"

走进酒吧，两人先寻了张桌子坐下，台上的 DJ 正卖力地唱着《对面的女孩看过来》，嗓音粗哑，吐词不清，要认真去听才能听清他在唱什么。

柏松南在她耳边说："他唱得好难听，还没我唱得好。"

董西托腮浅笑。

一首《对面的女孩看过来》唱完，DJ 就把音乐换成了动感的舞曲，邀人上去跳舞。

董西见柏松南还坐着，没有起身的意思，问："你不去？"

柏松南反问她："你去不去？"

董西摇头："我不……"

一句话还没说完，柏松南就握着她的手腕，将她从椅子上拉了起来。

他带着她穿过拥挤的人群，回头一笑，暧昧的灯光流连在他嘴角。

"去吧，尝试一下。"

他带她踏上舞台，舞台是特制的，有点像蹦床，方便客人在跳舞时弹跳得轻松，也省一点体力。

董西初站上去时，有些不稳当，柏松南怕她摔着，便虚虚扶着她。

没过多久，董西便适应了，可以慢慢随着节奏摇摆起来，柏松南便也放开了手。

董西不是第一次来酒吧，有时拍摄完毕，同事都会相邀着去酒吧玩一圈，她不好每次都拒绝，也去过几次。

因此她跳起舞来也还是有模有样，腰肢纤细，长腿笔直，跳起舞来更显身材优势。尽管她眉目清冷不沾烟火气，但在这灯红酒绿、群魔乱舞的气氛烘托下，多少也有几分撩人的意味。

这样的她招来了不少狂蜂乱蝶，这些人有意无意地慢慢向她靠近，却都被柏松南状似无知地用手臂隔开。偶尔遇到几个横的，可他比人更横，一眼甩过去，将人逼退。

董西什么也没发觉，柏松南低头看着她，心甘情愿地沉沦。

然而在董西眼里，跳着舞的柏松南，也是另一番味道。

平时的他是稳重沉默的奶茶店老板，是顽皮爱开玩笑的大哥。可到了酒吧，他浑身的雄性荷尔蒙便一下子喷涌而出，他手长腿长，随着音乐摇头晃脑，动作利落又漂亮。酒吧的灯光迷离，时不时还有混杂着香水味的烟雾喷洒出来，董西视线被扰乱，朦胧之间好像看见柏松南在和旁边的人恶作剧，按着对方的头有节奏地随着鼓点一下一下地往前压，那人弱小无助又可怜，丝毫没有反抗的余地。

他的嘴角染着顽劣的笑意，整个人显得潇洒又恣意。

董西突然想到一句恶俗的话——

男人不坏，女人不爱。

没有哪个女人能逃脱掉一个坏男人的诱惑，他们狂妄又自大，上一秒还把你气得扭头走掉，可只要你一回头，就能看见他夹着烟懒懒地抬头，眼里闪着不羁的笑意，就那么望你一眼，你就会心甘情愿地沦陷。

董西已经快要三十岁了，这么多年她一直活得清醒又理智，从来没有过这种体验，也不能理解那些女人飞蛾扑火般的行为。

可是今天，她稍微能够理解了。明知会被火焰燎到，但比起男人染着坏意的眼角眉梢带来的诱惑，那点儿疼痛又算得了什么。

跳完舞，两个人回到卡座。

十一点到了，吵闹的音乐停了下来，DJ 拿过话筒："各位，十一点之后凤凰这边是禁止放嗨歌的，但没关系，我们这儿是全凤凰唯一一家通宵不打烊的酒吧，我们可以一起来欣赏一下慢音乐，想唱歌的朋友可以上来唱哦。"

他刚一说完，董西就把柏松南往前一推，大声道："这里。"

柏松南还来不及制止，全酒吧人的视线就集中在了他身上。

他震惊不已："董西，你……"

董西笑道："怎么，你不是说你比他唱得好吗？"

他就这么赶鸭子上架地被迫上了台。

DJ 夸张地道："哇哦，是一个帅气的小哥哥啊，台下的小姐姐们，把握好机会啊。"

台下一阵欢呼，小姐姐们的尖叫似乎过于热情，都有些刺耳了，董西捏了捏耳垂，心想。

DJ 发现不对，又侧头问道："不对，我得先问问你有没有带女朋友来，免得引起家庭矛盾。"

柏松南暗暗握拳，目光不受控制地滑向董西。

"没有。"

台下又是一阵欢呼。

DJ 抬手示意大家安静，然后嘻嘻哈哈地说："没有啊，没有这事儿就好办了，今天晚上台下的姑娘，有看对眼的，但凡是单身，都随帅哥你……"

"但是……"

"嗯？"

"我带了我喜欢的女孩儿过来。"站在舞台上的柏松南，拿着话筒低声温柔说道。他的目光越过重重叠叠的人群，精准又坚定地落在

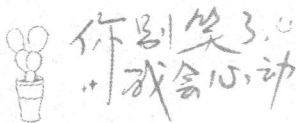

董西身上。

前奏响起，柏松南站在台上，目光始终放在董西那边。灯光小哥很会暖气氛，给他亮起了一盏顶灯，紫红色的灯光从他头顶洒下，将他整个人笼罩，映着他俊朗的五官，暧昧又摄人心魄。

雨后有车驶来，

驶过暮色苍白，

旧铁皮往南开，恋人已不在。

……

他手持麦克风缓慢唱着。

节奏轻慢慵懒，是董西没听过的歌。

底下有女生在小声讨论着：

"《理想三旬》，他唱的是《理想三旬》。"

"唱得好好听啊，长得也帅，不知道他带来的女孩子是哪一位？被这样的男人喜欢着，可真幸福啊。"

早来的人看到了董西和柏松南一起进来，悄悄在背后指了指董西，很多人的视线便开始时不时地停留在董西身上。

董西本不是个迟钝的人，然而这一刻，她却恍若未觉。

她整个人仿佛被罩进了一口巨大的铜钟里，外面正有人不断撞击着，嗡嗡的声响吵得她耳鸣又头疼，朦胧的歌声中，她只听到一句话在耳边反复响起。

"我带了我喜欢的女孩儿过来。"

我带了我喜欢的女孩儿。

带了我喜欢的女孩儿。

我喜欢的，女孩儿。

3

夜色清凉如水，天边一轮弦月静静悬挂着。

董西和柏松南一前一后走在凤凰的古老长街上，谁也没有说话，寂静中透着一股古怪的尴尬。

终于，柏松南忍受不下去了，他快步上前，扯过董西纤细的手腕，迫使她停下了脚步。

"董西，我受不了了，是生是死，你给句话吧。"

董西有些恍惚："嗯？"

"你别装傻，"他严肃地看着她的眼睛，"你知道我在说什么，"他有些别扭地别过头，耳根泛红，轻声道，"刚才……我向你告白了，可不可以，你给一句话？"

董西没说话，只是眼神复杂地看着他。

半晌后，她问："你喜欢我？"

柏松南有些羞赧，这件事他自己知道是一回事，被心爱的女孩儿说出来又是另一回事。他心跳开始加速，脸也烫得不像话，红着耳朵点头承认道："嗯，喜欢。"

像是觉得有些不够，他又盯着董西的眼睛，宣誓一般认真地说道："我喜欢你，董西。"

"你喜欢我哪里？"董西问道。

"我……"

柏松南嘴里像是有一万句话要如决堤般涌出来，可临到嘴边又像是觉得肉麻，支支吾吾老半天，硬是没憋出一个字。

董西心里却一下子冷静下来，看来，柏松南也只是一时的色令智昏吧。她靠着用石头砌起的矮墙，身侧开着几簇橘色的小花，夜里也分外妖娆。

董西用手轻轻拂过那朵花，淡淡开口："我不是第一次来凤凰。"

她突然另起一个话头，柏松南不知道缘由，但还是说道："嗯，你说过。"

"我还告诉你，第一次来凤凰时，我不是一个人。"

"嗯。"

"我是和我前男友来的。"

柏松南有些生气："那又怎样？你有前男友又怎样？谁还没个前

任了？你觉得我会介意这些吗？如果你想用这个来劝退我，我告诉你我……"

"他当时带着他的未婚妻。"董西若无其事地说道。

柏松南彻底闭上了嘴。

"他和他未婚妻来拍婚纱照，我是他们的摄影师。但一路上他们相处并不愉快，几乎快要吵翻了天，最后一拍两散，婚前旅行变分手旅行。

"后来我和他在一起了，他未婚妻气不过他另结新欢，就故意在圈子里散布我勾搭顾客的言论。其实认真说起来，我当时连他名字都不怎么记得住，在一起也是在两年之后。"

说到这里，她有些自嘲地笑了笑："那一阵子，我的名声很臭，没有人愿意找我拍照，所以我跑去非洲拍了一年的动物，回来之后这些言论才总算翻了篇，从此以后我就发誓再也不拍婚纱照。"

柏松南动了动嘴唇想说些什么，却被董西制止："听我说完。其实我和他在一起还背负了挺多的，毕竟被人说狐狸精可不是什么愉快的事。按道理，经历了这些事，应该最后就能长长久久了吧？"

她摇了摇头："可是并没有，我和他的感情，就维持了三年。哦，我们也没分多久，就在遇见你之前，我们刚好分手三个月。"

柏松南问："那次你过敏，是因为他，喝了酒是吗？"

许是因为太久没说话，他的嗓音有些粗哑。

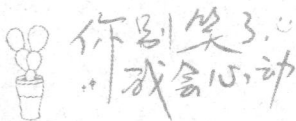

你别笑了，我会心动

董西笑了笑："我就知道你知道我酒精过敏。"

她点了点头，脸上是一派轻松神色："也没什么，只是那一阵子老睡不好，安眠药都不管用，就想着去醉一次，结果那次还真的睡了个好觉。

"分手的时候，他跟我说，他累了，想定下来。你也知道，我是个摄影师，成天喜欢到处跑，出去的时候还喜欢关机，他十天半个月地联系不上我，确实是挺累的。"

董西直视着柏松南的眼睛，目光平静又理智，一如往常即使泰山崩于前也面不改色的模样。

"你说你喜欢我，却又说不出理由，那会不会只是你的一时兴起，只是因为刚刚的氛围太好了？"

这话说得残忍又过分，柏松南的眼睛一下子就红了，瞪着她："董西！"

董西抬手往下压了压，示意他少安毋躁："总之，我是一个很自私的人。在我的认知里，工作永远比爱情重要，我永远不会为了男朋友，就放弃我喜欢的生活。

"柏松南，我承认，我是有些喜欢你，我可以和你在一起。"

此话一出，柏松南的脸上突然蒙上一层明显的喜悦，就像是一个突然得到自己心仪玩具的小孩儿，瞳仁清澈干净，里面像盛了漫天星光，亮得惊人，让董西都有些不忍心说接下来的话，但她还是继续说：

"只是你真的能忍受得了女朋友三五个月不在身边的日子吗？我忙起来的时候六亲不认，谁打电话都不接，一年三百六十五天，有将近一半的时间都在外面。你说我有个自由的灵魂，巧了，这话我前男友也说过。"

柏松南迫不及待道："我……"

"别！"董西打断他，"别急着给出承诺，我需要你想清楚，你仔仔细细将利弊考虑清楚，再回答我。你想明白，自己是不是真的能过这样的生活。"

说完，董西毫不留恋地转身，继续向前走，柏松南愣在原地，两人之间的距离渐渐拉开。

凉风吹来，董西瞬间汗毛倒竖，手臂上浮现出许多细小的疙瘩，她紧了紧自己的领口。

她突然想起她和傅从理分手的那一天，听到他那一句"累了"说出口时，她只是愣了半秒，然后问他"你当初是喜欢我什么"。

你是喜欢我什么？才锲而不舍地追了我两年。

傅从理犹豫了很久，也说不出半分喜欢她的理由，最后只能说："你太寡淡了，西西，就像一杯白开水，表情永远都是淡淡的。我抱着你，就像抱着一块冰似的，永远也焐不热，还刺得人生疼。"

如此有理有据。

其实不用傅从理说，董西也知道自己这个缺点，她从小生活在一个父母不断争吵的环境里，几乎没有感受到多少爱意，这样的成长环境养成了她冷情寡语的个性。人都说本性难移，她只会一直都是这个样子，当初的傅从理不能理解，那这个连喜欢她的理由都说不出来的柏松南，又能凭着这一时的心动，爱她多久呢？会不会又是一个轮回般的三年，抑或比三年更短？

到时候，她又要花多久才能戒掉柏松南这个习惯？又要花多少的时间才能走出来？

杀人也不过头点地，这样拿钝刀子一点一点割着心头肉的感觉实在太过磨人了，董西实在不想再来一遍。

身后的柏松南还没跟上来，少了那个高高大大一直如影随形跟在她身边的人，董西的心好像也空了一块。她后知后觉地想，或许，她对柏松南，还真不是有些喜欢。

这个人，从外貌到性格，无一不长在了她的喜好上，所以才能让她一而再再而三地打破自己的原则。心脏久违地躁动着，这是傅从理都不曾带给她的感受。

如果说她和傅从理是天时地利之下的水到渠成，那么柏松南就是突如其来闯入密林的一只豹子，穿林打叶时，拂下一串串露珠，露珠洒于心间，留下道道晶莹的痕迹。

她想，自己应该是很喜欢柏松南吧。

　　柏松南回过神来，才注意到董西已经走出了很远。他连忙赶上前，快到身边时又失去了走在她身旁的勇气，最后只能落后她两三米远的距离，跟着她慢慢走着。

　　他的脑子现在一团乱。

　　董西一股脑儿将自己想说的话都倒给了他，他自己却没能说上几句。

　　董西问他，喜欢她的理由有哪些。

　　他说不上来。

　　不是因为找不到喜欢她的理由，只是喜欢她的理由那么多，他要说哪一个？

　　"因为你漂亮可爱"，好像太过浅薄轻浮；"因为你性格很好"，好像又太过官方虚伪。

　　他十八岁那年对董西一见钟情，到如今，已经是第十个年头。

　　十年，一段人生的十分之一，足够一个孩子长大成人，足够一只猫狗寿终正寝，他用这十年的时间，情深不移地暗恋着那个他在深巷中惊鸿一瞥的女孩儿。

　　如果仅凭她皮相好看这一点，当然不足以让他耗费十年的青春。

　　自龙阳小县深巷中命中注定般的一眼，他开始了长达一年的尾随，这自然不够光明磊落，身边的朋友都劝他早日告白。但那时候的小小

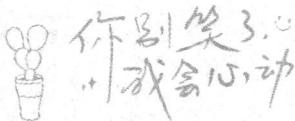

少年还不是如今生意做得风生水起的奶茶店老板，他只是龙阳水产市场里一家鱼肆老板的儿子，家里还欠着赌债。而董西则是常年穿着洁净的龙池校服、被众人景仰的学神，从头到脚纤尘不染，一身肌肤白瓷般细腻光滑，站在日头底下都亮得发光，一看就知是从没受过生活的嗟磨。

他们两个，一个就像是深潭里的淤泥，一个就像是温暖耀眼的阳光。

阳光或许可以偶然照进深潭，淤泥却永远无法触碰到它。

那时候的柏松南，可以清楚地感受到那种差距。

于是他一拖再拖，夜深人静之时，他也会问问自己，究竟喜欢她什么，自己是真的喜欢她吗？

他对自己说，等他能找出喜欢她的一百条理由时，就去向她告白。

理由越攒越多。

比如她口不对心，明明会在公交车上给老人让座，可偏偏一副冷冷的样子，有种反差的可爱；比如她爱吃甜点，最后一份钟爱的蛋糕被人买走时，明明眼神会一直追随那个抢走她心爱蛋糕的人，却还要装作自己只是随意进来看看而已，有种执拗的可爱；比如她明明喜欢听别人夸她，却偏要装作不受用，但仔细看她的嘴角却会微微翘起一个弧度，有种傲娇的可爱……

可等他快要攒到第一百个时，他却因为一些原因不得不离开龙阳县。

走得匆忙，他甚至都没来得及向心爱的女孩儿告白。

后来这些日积月累的理由，反复在他的心里循环着，支撑他走过了暗恋董西的这十年。

他一直在等待一个机会，等到有一天，他能够风光霁月、光明磊落地站到董西面前，亲口对她说："董西，我喜欢你，已经十年了。"

这一番辗转十年未能说出口的告白，曾经在那个等待绿灯的间隙，60 秒的时间内，被模糊不清地说出去过。

现在，他又借着他的歌声，一起说给董西听。

董西说他也许只是一时兴起。

怎么会呢？他明明，喜欢了她十年。

可到最后，他却什么也说不出口。

他就这么默默地走在董西身后，看着她孱弱细瘦的肩膀，到底还是不敢把这十年的爱意压在她身上。

难道说他爱她十年，她就一定要和他在一起吗？

这不是道德绑架是什么？

更重要的是，他怕这十年的暗恋，在董西眼里，不过是一出笑话。

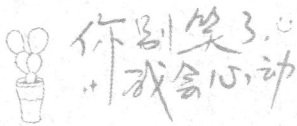

你别笑了，我会心动

4

清晨。

从窗棂洒进的阳光，慢慢照在了董西脸上。她睁开眼，从床上爬起来，赤着脚走到窗台边，推开客栈的木质窗户，阳光就肆意倾泻进来。

董西眯着眼看了看天空，心道，真是一个好天气。

她走进卫生间洗漱，然后换上一身舒服的衣裳，背上自己的单反，打算出门去拍一拍。

只是刚一打开门，就见门外躺着一束花，紫的红的黄的都有，正是昨天那些阿婆们卖的那种。

董西从地下拾起那束花，花应该是刚采不久，花瓣上还带着露珠。

她将花凑到鼻端闻了闻，花香并不浓郁，只能说很清新，就像送这束花的主人一样，总在不经意的瞬间撩动了她的心弦。

她转身想将花放进房间，却又突然看见房门的把手上，挂着一串手链。

手链由十五颗转运珠组成，还挂了一个小小的铃铛，是昨天和柏松南逛店铺时，她拿起看了看的那一串。

董西没想到，他居然注意到了。

她忍不住笑了笑，把手链装进了兜里。

在凤凰只住了一晚，董西和柏松南就踏上了返程。

两人租车去怀化，然后乘坐高铁返回 Z 市。这期间，两人都没怎么说过话，周围弥漫着一股奇怪又让人心痒的气氛。

出高铁站时，董西刚准备去拿行李，却被柏松南制止："我来。"

他替董西拿着行李，董西刚好落个空闲，便腾出手来打开沉寂了两天的手机。

这次出去的时间比较短，手机里的未读信息也没有爆炸式地轰出来，大多都是贺维和董母给她发的消息，除此之外，就是她父亲发给她的消息，让她开机后给他回一个电话。

他很少这么要求董西，事实上，平时他们父女之间也很少联系。

董西有些莫名，倒是立即给她父亲拨了过去。

"喂？"

"西儿？"

"嗯，爸爸。"

电话那头的男人又喊了一声"西儿"，就像很久以前他们家都还在一起那样，他总是这么喊着董西，然后带她去村头小卖部买零食吃。

自他和董母离婚后，董西已经很久都没有和他打过电话了，平时两人更多的是用微信联系。隔着一道屏幕，董西那时并没有多大的感受，可如今父亲一句熟悉的"西儿"乍然响在耳边，董西觉得心脏像是潮湿了一角。

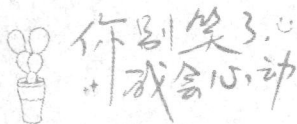

你别笑了，
我会心动

这样的感觉于她而言实在有些陌生,她赶紧转移注意力,问道:"爸爸,找我有什么事吗?"

那头像是迟疑了很久,这样的静默让董西有些不适,就在她忍不住想再问一遍时,董父开口了。

他说:"西儿,爸爸要结婚了。"

"啪"的一声,董西手中提着的相机掉在了地上。

柏松南吓了一跳:"怎么了?"

董西手掌向外,示意他不要说话,她冷静地蹲下身去把相机捡起来,还对手机那头的人解释道:"没事,手滑了,东西摔了。"

"哦,不是什么重要的东西吧?"

"不是。"

"这次去哪里了?"

"凤凰。"

说到这里,董父的寒暄就到此为止。他没有关心董西此行是否顺利,是否已经平安到家,只是犹疑了几秒,又再次开口说道:"西儿,爸爸的婚礼……"

"嗯,我知道了,爸爸,我会去的。"董西听到自己对着电话这样说道。

董西深吸了一口气,推开车门,走下车。

她这两天有些感冒，昨天晚上还发了场高烧，所以下车时有些头重脚轻，还差点摔一跤。

得亏她扶着车门稳住了自己，不然摔个大马趴，又会成一个笑话，原本女儿来参加自己爸爸的婚礼这种事就足够引人注目了。

饶是如此，周围人的目光还是朝她这里聚集了过来。董西目不斜视，直接走向交纳礼金的地方。

收礼金的人是个小姑娘，正垂头看着手机，丝毫没发觉靠近的董西。

董西等了她一会儿，见她还没有抬头的意思，只好抬手敲了敲桌子。

"你好，交一下礼钱。"

玩手机的女孩儿被吓得一激灵，然后抬起头，看见董西，惊喜地叫："西姐，你怎么来了？"

董西定睛一看，原来是很久未见的表妹。她从包里拿出一沓厚厚的现金，递给表妹："来参加我爸的婚礼。"

表妹说出口才意识到自己问了个蠢问题，顿时有些尴尬，接过她手上的钱，又下意识地去数有多少张，数到一半才发觉有些不妥，抬头去看董西。

董西倒是一副无所谓的样子，只说："数数吧，应该是一万。"

她都这样说了，表妹自然也只好接着数，粉色的票子，不多不少，正好一百张。

表妹打开人情簿，方方正正写下董西的名字。

"关西，"董西提醒，"姓关，我改姓了。"

"哦哦。"表妹顿时有些讪讪，画去刚写好的"董"字，改成"关西"。

礼金交完，董西便打算功成身退，打道回府，却听见一声"西儿"在耳边响起，抬头便看见她爸爸拖着肥硕的身体快步走下楼梯，向她这边走来。

"西儿。"

董西有些惊讶，她和爸爸很久没见，也不知道记忆中那个高大瘦削的男人怎么变成了现在这副模样，一个挺着啤酒肚的胖子，她险些没认出来。

"哦，爸爸。"董西尽量收回脸上的讶异，客套地向她爸打了个招呼。

董父笑得开怀："这么早就到啦？这边还没开席呢，我还是先带你去见你爷爷奶奶吧。"说完，他就要来拉董西。

董西不动声色地一避："不了，我这就回去了。"

"你这就回去？留下来吃个饭啊，你看咱父女俩都多久没见面了，你妈那个婊……"

董西抬头淡淡看了他一眼，他剩下的话不由得憋回了肚子。

"我就不吃饭了，回去……"

董西话还没说完，就看见不远处董母满头是汗地跑过来，董西甚至可以看见她脸上极端的愤怒。

董父也有些慌了，问董西："西儿，是你告诉她的吗？"

董西苦笑："没。"

这自然不是董西告诉她妈妈的，董西不是董是，还不至于这么没心眼儿。

董父再婚这事本来是瞒得密不透风，就是不想再出什么岔子。奈何这世上最不缺的就是热衷于看他人热闹的人，再婚这件事，再怎么瞒也瞒不过街坊四邻。这些邻里都知晓董父平日里的为人，把这场婚礼当作笑话看，同家里儿女打电话时不免就嚼了下舌根子，这些人里又不乏当年董母结交的一些小姐妹，于是都来通风报信，董母想不知道都难。

董母知道后就风风火火赶了来，结果竟然看到她亲爱的女儿准备了那么厚一沓礼金给那对不要脸的夫妇，一股被自己亲生女儿背叛的失望感在她心头油然而生，这叫她如何不气？

走到他们面前，董母首先提着包冲董西发泄似的砸了几下，董西就站在原地，躲都没躲。

董父看不过眼，拦了一下："你在这儿撒什么泼！"

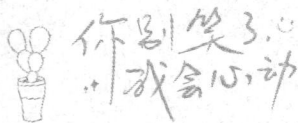

你别笑了，
我会心动

他不说话还好，一说话董母就越来气："撒泼？我这都还没开始呢。"

董母扭头冲董西吼了句："待会儿再收拾你。"

"哎哟，董定国，不错呀. 都已经是半截子埋黄土里的人了，还做了回新郎官儿。"董母看着董父胸前鲜红的胸花，上面写着的"新郎官"三个字，在她眼里满满的都是讽刺。

离婚之后，她不是没后悔过，和身旁躺了二十年的人一朝沦为陌路，谁都会心头像刀割一样难过。她以为董定国和她一样，却没想到人家什么事都没有，娇妻入怀，好不风流。

她眼刀子甩到站立在他旁边的女人身上，发出一声怪笑。

"哟，你还过得挺滋润风流的啊！这就是你新娶的老婆？看着也没多大呀，有你女儿大吗？"

这话说得难听极了，围观的人都露出意味深长的笑来。

董西觉得头皮像要炸裂开来，她赶紧去扯董母的胳膊。

"妈，您别闹了，咱们回去吧。"

董母把她的手甩开："回去？回哪儿去？这时候嫌你妈丢人了是吧？你妈没你有文化，供你读了那么多年书，结果书都给我读到狗肚子里去了，你就是条忘恩负义的白眼儿狼。"

董母拿过桌子上的人情簿，翻开来："我倒要看看你给了多少礼金。"

翻到董西那一页，董母尖声道："一万！你给我写一万！"

怒火重新涨到峰值，董母拿着人情簿就往董西脸上抽。

"我养的好女儿呀，养你十年，你爸连个人影儿都没见着过，结果你转头就给人一万的礼金！你给我说说，平时你还给过他多少？你就是给叫花子都比给他强啊！"

"你够了！"董父脸上的表情越发不虞，额角青筋都鼓了起来，显然是已经隐忍到了极致。

董西的脸被董母抽得火辣辣作痛，但董西无暇顾及，只是皱着眉劝她妈道："妈，您跟我回去吧，回去再说好吗？"

"我不回去，你也别叫我妈，你不是我女儿，也别进我家门，跟你爸过去吧！早知道你这么养不熟，当年我就应该带走董是。"

这话一说出口，董西抓着母亲胳膊的手瞬间滑了下来。

董母没放在心上，继续撒泼，脸上还有几分得意。

"我就不走，我就在这儿站着，董定国，我倒要看看你有多不要脸，能当着我这个前妻的面拜堂成亲。"

董定国听了，突然哈哈大笑起来，眼角都笑出了眼泪。

他指着董母说道："我再不要脸，能有你不要脸？千人骑万人睡的婊子。"

董母破口大骂："你在说什么狗屁胡话呢？"

"胡话？这可不是胡话，当年你生了西儿就去东莞，回来的时候就穿金戴银，你一个小学都没读完的文盲，做什么能赚那么多钱？你是不是把我当傻子？我就问你，皮肉生意做得爽不爽？"

董母的脸红一道白一道，胸膛剧烈地起伏，眼神像是要喷出火来一样，直勾勾地盯着董定国。

下一秒，人群中爆发出好几声女人的尖叫。

是董母掀了桌子。

失魂落魄的董西尚未来得及反应，迎面就砸来了一个瓷杯，劈头盖脸地打在了她的额角。

鲜红的血液争先恐后地从破了的额头上冒出来，再顺着她的脸颊流下，血液糊住了睫毛，让她有些睁不开眼。

耳朵开始嗡嗡作响，董西腿脚不稳地在原地晃了几下，下一刻，她就无力地倒在了地上。

眼皮沉重得像是有千斤重，她不受控制地阖上眼睛。

逆光之中，像是生出了错觉，她看见柏松南疯了般拔足向她这边狂奔过来。

她还看见他的嘴在张张合合，背景如此嘈杂喧嚣，她却感觉自己可以清楚地听到他在喊"董西"。

被他叫了这么多声，董西都快要忘记了，她曾经最讨厌别人这么叫她。

　　她用尽最后的力气笑了一下，然后闭上了眼睛。

　　闪过脑海的最后一个念头是据说人死前会见到自己最想见的那个人。

　　原来，她这么想见柏松南。

KEKEXILI

POST

Chapter 05 ♥

喝了这杯维他奶，
你就是我的人了

1

董西以为自己睡了一个世纪那么久，因为她做了一个长长的梦。

梦里走马观花地回顾了她近三十年的人生，灵魂像是已经抽离。她从天空中俯下身，旁观她母亲十月怀胎，生下小小的她，她奶奶在旁默默念叨着"怎么是个女孩子"，然后就是她从满地乱爬到牙牙学语，从一个短腿萝卜丁儿逐渐长大成人。再到弟弟董是出生，全家人都喜笑颜开，她躲在碗橱后面悄悄看着那个被她爸爸抱在怀里的皱巴巴的小婴儿，然后董是也变成了个小男孩，她牵着董是走过街头巷尾。

随后画面一转，又变成了她父母在家厮打，两个人抓着胳膊揪着头发，从客厅打到厨房，眼看着一壶正在烧开的水就要被打翻在董是背上，梦里的董西三步并作两步跑去推开董是，沸腾得咕噜冒泡的开水就要倾泻下来……

她的身体猛地一颤，紧闭的眼眸睁开，入眼的是黑黢黢的车顶和窗外一闪而过的风景。

眼睛移向驾驶座，开车的人是柏松南。

原来她昏倒之前见到的，并不是她恍惚之间生出的错觉。

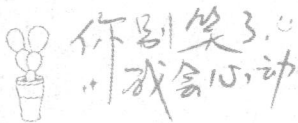

董西的第一反应不是"他怎么会在这里",柏松南连她酒精过敏都知道,此刻知道她在老家参加父亲婚礼好像也不足为奇。

她嗓子剧痛,也不知道是感冒发烧的后遗症,还是刚刚把嗓子给喊劈了。

"我妈呢?"

正在开车的柏松南不知道她醒了,吓得踩了个急刹,两人都被惯性带得身子往前倾了一下。

"你醒了!怎么样?痛不痛?你发烧了,我带你去医院。"

没有听到想听的话,董西皱眉又问了一遍:"我妈呢?"

"还在你爸爸家,但是没事,我到的时候警察也到了,我先带你去医院。"

董西听到"医院"两个字,眉头又是一皱。

"我不去医院。"

柏松南一边发动汽车,一边说:"不去医院怎么行?你一身伤。"

"吃药就行了。"

"董西!"柏松南也皱眉训道,"你别跟我这儿犯倔,自己伤成什么样儿了心里没点数吗?"

董西依然是一句字正腔圆的"我不去医院"。

沉默片刻,柏松南突然砸了一下方向盘,颓然道:"真拿你没办法。

去我家，成不成？"

"随便。"董西别过头，看着车窗外，眼角有一滴泪划过，湿润了已经干涸的血迹，氤氲出一片淡淡的粉色来。

"反正，我也没地方可去了。"她再度闭上眼睛，嘶哑着嗓子说道。

柏松南家。

董西靠在布艺沙发的靠背上，闭着眼让柏松南为她擦拭脸上的血迹。

温热的毛巾轻轻擦过脸颊，柏松南动作十分轻柔，她一点也没感觉到疼。

然而一滴硕大的泪珠却突然从她的眼角沁出，一路滑进了她的长发。

柏松南为她擦拭脸颊的动作一顿，片刻后，低声对她说道："别难过。"

可是泪水却控制不住地一滴一滴滑落，很快打湿了她一小簇鬓发。

"她说，让我别再叫她妈。"她闭着眼，突然出声，"还让我滚出她家。"

柏松南轻轻摸了摸她的头顶，是一个安抚的动作。

伤口已经清洗完毕，柏松南拿出医药箱给董西处理伤口，好在额

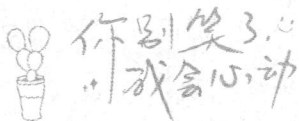

头上的口子开得不大，不用缝针，他还是应付得过来，不然他就是绑，都要把董西绑进医院。

碘伏涂在伤口上，渲染出一片淡黄，柏松南轻轻吹了吹，碘伏挥发，在董西额头上产生一阵阵清凉的感觉。

董西悄无声息地睁开眼，她失去了一贯的执着与坚定，清澈的瞳仁里此刻满是疑惑，就像一个在夜色里行路的盲人，不知前路在哪里。

"我不知道自己哪里做错了，他们是离婚了，可离婚了，我爸爸就不是我爸爸了吗？我爸爸年纪大了不好找工作，过得穷困潦倒，我有这个条件，他又问到我这里来了，我接济他一下，是天大的错吗？"

柏松南一边为她处理伤口，一边问："你接济你爸爸这件事，告诉过你妈妈吗？"

"没有，"董西摇头，"你不清楚，要让我妈知道了，她一定不会同意。"

"可是你连问都没问。"

"不用问，他们是仇人，你见过给仇人钱的吗？"

说到这里，她冷笑了一声："他们连离婚了也不肯放过彼此，经常是我在我妈这里听了一耳朵我爸的坏话，从我爸那里又听他说我妈不好。听到最后，我都不知道他们两个到底谁对谁错。"

柏松南有些不解："他们为什么会这么恨对方？"

董西看了他一眼，沉默片刻，才说道："因为，我爸怀疑我妈出轨了。

就在我七八岁的时候，她从东莞回来，突然变得很有钱，村里都是风言风语。"

"那……"

"出了。"

她又闭上眼睛，继续说道："她面上装得再问心无愧又怎样，我听见过她和那个男人打电话。"

她冷冷吐出两个字："恶心。"

"董西，别再说……"

"我爸也不信她。他面子上过不去，就打她，往死里打，我妈当然反抗，那时她拿着菜刀，如果不是爷爷奶奶赶过来了，那刀就要砍到我爸脖子上。"

泪水又源源不断地滚落下来，她脸上全是董母用人情簿打出来的细碎小伤口，已经变得红肿，又有咸湿的泪水滑过，想必滋味很不好受，但她连眉头也没皱一下。

柏松南的心脏突然传来一阵尖锐的疼痛，就像是有一个人在拿着尖锥一点一点刺进他的心脏。

他再也不能克制住自己，俯身一把抱住了此刻脆弱得宛若孩童的董西。

董西没有计较他放肆的动作，将头倚靠在他宽厚的肩头，泪水无休止，很快就打湿了他肩膀的一小块布料。

"都已经动刀子了，结果后来还生了董是。董是出生后，他们的关系缓和了一些，我以为、我以为他们这就算和好了，不会再打架了。"

"别说了，董西，别说了。"

柏松南一手按着她的后脑勺，另一只手在她后背一下一下轻抚，哀求她别再说下去。

董西却好似没有听到，她憋得太久，一番心事对谁也没说过，就连好姐妹贺维都不知道。也许是因为今天被董母打了，她内心深藏已久的委屈一朝爆发，不吐不快，也许是因为柏松南温柔呵护的态度让她觉得他是坚定地站在她这边的人，所以她可以随意倾诉，不用刻意保持客观公正，她可以去埋怨去仇恨，柏松南也不会站在道德制高点去指责她。

她不是一个爱哭的人，自她有记忆起，哭过的次数一只手都数得过来。

可今天，她像要把一辈子的眼泪都流尽。

"可是没想到最后他们还是离婚了，就在我高考完的第二天去办的手续，那模样就好像是因为我他们才忍了那么久似的。我那时候不知道自己酒精过敏，躺在医院病床上的时候，没有一个人来看我，隔壁床的阿姨还问我'你爸妈呢'。我说'他俩忙着离婚呢'，是不是很好笑？"

柏松南没笑，她倒是把自己给逗笑了。

"离婚的时候，他俩又差点儿打起来，因为谁都想要董是。他们还以为我睡着了，其实我浑身痒得难受，根本睡不着，他们说的全被我听见了。"

她嗤笑道："董是有什么好？好吃懒做，在家里是个土霸王，出了家门就怂，不就是比我多了个零件？除了这点我哪里比不上他？

"我努力学习，我考名校，女孩儿看的杂志追的明星我一概不知，我把自己活得无趣又克制。但是谁都不要我……谁都不要我……"

如果剖开董西设的层层心防，偶然探进她的心里去瞧上一瞧，会发现，当年董父和董母争抢董是这件事对她来说简直是最最隐秘的伤痛。她自尊心强，又好胜，明明知道这件事，却从来提都不提，只自己和自己拧巴。

而今天董母用一句"早知道当年就应该带走董是"再次揭开了她的陈年伤疤。

董西终于忍不住，靠在柏松南肩头号啕大哭起来。

柏松南心疼得厉害，也不知到底要怎么办，只能一次又一次地抚过她的后背。

她瘦得厉害，骨头都凸出来了。

你别笑了，
我会心动

他一遍一遍地在她耳边低声重复道："你很好，你很好。"

还有一句话，他藏在心里，没能说出口。

他想对董西说，他们不要你，我要你，我要带你回去，疼你宠你一辈子，谁也不给。

2

董西哭到力竭，本来就感冒了，再加上伤心，哭着哭着就在柏松南肩头睡了过去。

柏松南小心翼翼地将她打横抱起，走进自己的卧室，将她放到了床上。

为她掖好被子后，他又从客厅拿来消肿化瘀的药膏。董西之前一直在哭，他没法给她上药，现在睡着了，倒是个上药的好机会。

药膏里有薄荷的成分，涂上去凉丝丝的，并不疼，所以睡着的董西只是稍稍皱了皱眉，然后很快就又陷入睡梦中。

涂好药，柏松南旋上盖子，坐在床边，静静地看着她。

说来实在造化弄人，他从前看着董西，干干净净、纤尘不染，以为她就是一个天之娇女，是被家里千娇万宠的小公主，是他一个小混混所不能染指的存在，就连靠近她都没有勇气。

可万万没想到，原来公主家里也重男轻女，他放在心头的女孩儿从小不知明里暗里受过多少委屈。

如果他能早点儿知道这件事，那么在他们十八岁那年，他一定会找到那个孤零零一人躺在医院里的董西，牵着她的手，勇敢地对她说："你跟我走吧，我会对你很好的。"

她哭着问他自己真的那么差的时候，他的心都要碎了。

她怎么会差呢？

她是他用心头热血温养了十年的女孩儿，从十八岁到如今，他一遍又一遍地回忆着曾经和她擦肩而过的过往，其实也就那么些少得可怜的交集，被他掰着手指头一一细数。

得出的结论总是一样的：世界上怎么会有董西这么好的女孩儿，再没有比她更可爱的了。

他陷入沉思，在她床边静静坐着，厚重的窗帘挡去了外面的光线，只余一道狭窄的缝隙，透了些许日光进来，照在墙上，给他打上了一道剪影。

轮廓刀削斧凿，睫毛纤长卷翘，他一动不动地看着董西的睡颜，宛若一座沉默英俊的雕塑。

董西一直睡到晚上九点才醒来，醒来时，柏松南正在客厅打电话。

"都说了不去。"他拿着手机对那边说道，语气很不耐烦。

电话那头的人不知又说了什么，他表情更加不耐烦，捏着眉心说

你别笑了，
我会心动

道："我自己吃的自己会解决，要你操哪门子心？"

和他打电话的人很是执着，依旧在那边喋喋不休。

柏松南似乎是不爱听这些啰唆，一句粗口就要脱口而出："日……"回头看到董西站在卧室门口看着他。

"——日落了，你看不见吗？还叫我出去做什么？"

董西："……"

电话那头的童华顺："……"

"去哪里？"董西走过去问。

童华顺瞬间发出土拨鼠叫："女人！是女人！老大，你家里藏了个女人！"

柏松南被童华顺号得脑门儿疼，他那么大声音，估计董西也听到了，因此心里又气又尴尬，恨不得把电话那边的童华顺揪出来打一顿。

童华顺却没发觉自己正在找死的边缘疯狂试探，继续劝道："那你更要过来了，得把嫂子带过来给兄弟们瞧一下啊……"

柏松南眼疾手快地摁掉了电话。

少了童华顺的啰里啰唆，客厅顿时安静了不少，柏松南有些不自在地捏了捏手机，多此一举地解释道："是同花顺。"

"哦，他叫你出去吗？"

"对，要我去吃夜宵。"

"那你去吧。"董西说道。

"那你……"

"我这就走了。"

柏松南闻言，有些惊讶地抬起头来："这就走……你要去哪里？"

不是说没有地方可去了吗？

董西显然被这个问题给难住了，皱着眉头半天答不上来。

董母家她不想去，自己的房子上次又租出去了，租期是一年，这个当口也不可能把人家租客给赶出去。

贺维又去了深圳，短期内不会回来。

董西突然觉得，天地之大，自己好像真的没有地方可去。

但她也不可能赖在柏松南家。

"朋友家。"她笼统地说道。其实她朋友极少，能收留她的人更是微乎其微。

柏松南站在原地犹豫了片刻，最终问道："董西，那你要不要跟我一起去吃饭？"

时间已值盛夏，是 Z 市天气最炎热的时候，市民们在家闲不住，纷纷相邀出去吃个夜宵，因此顺子烧烤城也到了一年中生意最火爆的时候。

董西和柏松南到的时候，时间已将近十一点，但店里依然忙得热火朝天。

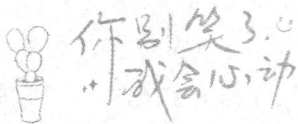

童华顺和江山坐在一张圆桌前，桌边还坐了其他人，一张可坐八九个人的圆桌最后只剩下两个座位，显然是留给董西和柏松南的。

柏松南来时就告诉过董西会有其他人，是他以前的同学，可她没想到居然会有这么多人。

柏松南显然也没料到，咬牙切齿道："肯定是同花顺！"

事实上确实是童华顺，当他听见柏松南的手机里传来女人的声音时，当场就想做老父亲落泪状，自家的猪终于会拱白菜了啊！当然这么说显得他对老大不太尊重，但江湖儿女不拘小节，话语里包含的欣慰之情都是一样的。

被柏松南挂断电话后，他赶紧发了个朋友圈，说老大即将带新任女友来见他，有心人士可以到顺子烧烤城来波偶遇。众位狐朋狗友一呼百应，他朋友圈底下的获赞数也因此创下史上新高，况且那些朋友都是勾肩搭背、成群结队地前来围观柏松南的新女友，成功让顺子烧烤城的生意更红火了一番。

童华顺自认为自己这一波操作十分英明，所以当他用那三百多度的近视眼远远看到柏松南，还有身边跟的那个身形高挑的女人时，他更加激动了，站起身来挥手大喊："这边！老大，这边！"

可等到柏松南两人走到他面前时，他才发现那个被老大藏在家里的女人居然是董西。

"董……董小姐？"

董西冲他礼貌地一点头："你好。"

童华顺有些摸不着头脑，支支吾吾道："你们……"

柏松南上去就是一脚："我们，我们怎么了？去你的，你还吃不吃？"

童华顺被踢了也不喊疼，点头哈腰做谄媚状："吃，吃，大哥请上座。"

柏松南带着董西入座。

童华顺一招手："来，给大哥倒一杯卡布奇诺……哦哦，不是，给大哥把酒满上。"

董西："……"

他的戏怎么这么多？

坐在柏松南身边的男人很有眼力见地给他倒满了酒，柏松南却不急着喝，先问道："现在还有没有维他奶？"

为他倒酒的男人简直要惊掉下巴："南哥，你不是吧？这么多年没见，你就算是戒了酒，也犯不上喝奶吧？"

他身旁一个寸头男人一推他脑袋，没好气道："蠢货！那是咱哥要喝的吗？那明明是南哥给嫂子点的，是吧南哥？"

柏松南下意识地点头："对。"

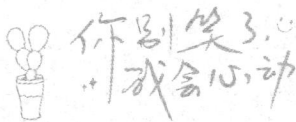

此言一出，董西立即看了柏松南一眼。

柏松南这才意识到自己承认了什么，赶紧解释："奶是给她的。"他一指旁边的董西，"但她不是嫂子。"

众人纷纷调笑道：

"好好好，不是嫂子，是准嫂子好吧。"

"不是嫂子，那大嫂好了。"

"嫂夫人也可以啊。"

一群男人拿着酒杯放声大笑，没个正经，柏松南担心董西生气，还特意拿余光去瞧她，结果发现她好像压根儿就没在意，一时间心里有些闷闷的，也说不清自己到底是松了口气还是失落。

吃的陆陆续续上来了，柏松南先和一桌子的人喝了一圈酒。董西总算窥见了几分他当年龙阳扛把子的风采，因为这一大桌子人都是来敬他的，俨然把他当成了一个领导者。

柏松南酒量也很好，有人来敬他就喝，一杯酒入肚就跟喝水似的，脸不红眼不花，神志清醒得很。

董西吃着他为她点的海鲜粥，百无聊赖地看着他喝酒。

柏松南拿酒杯的姿势很特别，不是五指全部扣在杯壁上，而是只用四指，食指会微微勾起，仰头喝酒的时候，喉结上下滚动，有一种特别的吸引力。

董西默默欣赏了一会儿，但没想到战火很快烧到了她身上。

　　童华顺一双小眼睛在柏松南和董西之间扫来扫去，觉得怎么看怎么不对劲。时间都已经那么晚了，董西居然还在柏松南家，他老大可是从来没带女孩子回过家啊！现在虽然表面还是一本正经在喝酒，手上却一直不停地在为董西剥虾。

　　有问题！这两人一定有点问题！

　　童华顺撞了下身旁江山的肩膀，示意他去看柏松南和董西，然后附耳小声说道："你说老大是不是和董小姐有点那个意思？"

　　江山瞟他一眼："你才知道？"

　　"什么叫我才知道？"童华顺愤怒不已，"你知道？"

　　江山理所当然道："我知道啊。"

　　"你知道不告诉我？那现在他俩是个什么情况啊？"

　　江山喝了口酒，文绉绉道："郎有情，妾无意。"

　　童华顺气闷："怎么可能？我家老大人见人爱，打架从来没输过，武力值杠杠的多让人有安全感！而且还是个会做饭的大帅哥，这么优秀，董小姐凭什么没有意？"

　　"那自然就怪不得董小姐了，"江山偷笑，他拿筷子一点对面的柏松南，"估计那位主儿还没开口告白呢。"

　　童华顺目瞪口呆："啊？为什么？"

　　"抹不开面子呗，你见过哪个当老大的会跟人妹子表白？他这是

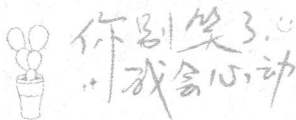

缺个人给他当僚机呢。"

童华顺这才恍然大悟,对江山比了个"OK"的手势,表示一切都包在他身上。

童华顺清了清嗓子,然后问董西:"董小姐,你看我们老大人怎么样?"

董西垂眸看了眼身旁的人,浓密如小扇的睫毛在她的下眼睑打下一层淡淡的阴影,她语气平淡地说:"还成。"

柏松南剥虾的手一顿,他突然想起贺维说的那番话——

"南哥,我们西西啊,她说'还成',那就是相当喜欢啦,西西就是太傲娇,所有的话都要反着听……"

心脏又开始不规矩地乱跳起来,他有些害怕董西会听到他心跳的声音,所以不自然地侧了侧身子。

童华顺还在循循诱导:"那给你做男朋……啊!"

一句话还未说完,就被他口中的老大一脚踢到了桌子下。

董西嘴角扯出一丝意味不明的笑,语气轻描淡写:"可以啊。"

可以啊可以啊可以啊可以啊。

她说出的话正以0.1倍速在柏松南耳边循环播放,柏松南手中剥了一半的虾死不瞑目地掉在了桌上。片刻后,他脱掉手上的塑料手套,扯过纸巾擦了擦手,然后斟满了酒,朝董西一敬。

一套动作做得行云流水，唯独杯中晃动的酒液泄露了持杯人的紧张。

他肃着一张脸，绷着嗓子道："来，董摄影师，喝了这杯……"

看了看董西的杯子，他面不改色，字句铿锵道："——维他奶，你就是我的人了。"

董西托着下巴像看傻子一样看着他。

就在众人都以为柏松南没戏的时候，董西却突然托腮一笑，拿过桌上的维他奶，漫不经心地碰了下他的杯壁。

"叮"的一声，董西冷然的声音响起：

"成交。"

3

一顿夜宵吃罢，大家都尽兴而归，柏松南把最后一个喝到烂醉的兄弟送到出租车上，然后一拍车门，对司机说道："师傅，走吧。"

出租车绝尘而去。

柏松南回头问董西："你要去哪里？"

"酒店吧。"董西答道。

"你有身份证吗？"

董西震惊抬头，这才意识到她没带身份证，手机也在一片混乱中

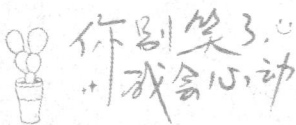

遗落在了董父家。

也就是说，现在，她除了她这个人，其他什么都没有。

这就很令人窒息了……

"去我家吧。"柏松南看出她的为难，提议道。

他举着双手，一脸正经地保证："你睡床，我睡沙发。"

董西立马否决："这怎么行？你怎么能睡沙发？"

"没事的，我睡眠质量好，到哪儿都能睡。"

董西道："哦，这倒不是，是你家沙发有点短，我觉得放不下你。"

柏松南："……"

"那要不……"他露出个有些期盼的笑，"要不……"

"你睡地上。"

"啊？"柏松南一脸蒙。

"那不然你还有更好的提议吗？"

柏松南一张俊脸憋得通红，最终还是妥协道："没，我觉得睡地上挺好。"

他的脸很快垮了下来，却没看见走在他前面的董西嘴角轻扬，眼睛里闪着恶作剧后得逞的光芒。

"董西？"

走在前面的董西没回头，只应道："嗯？"

　　柏松南走到她身侧，两人之间的距离依然是一掌宽的社交距离。

　　"你想怎么回去？"

　　柏松南的家说近不近，说远也不远，公交车六站，打车十几分钟到，走路的话是三公里。

　　"走回去呗，消消食，醒醒酒，"她似笑非笑地瞥了柏松南一眼，"怎么，南哥腿软不软？还走得动吗？"

　　柏松南靠近了她一点，两人之间的距离缩短成半掌宽。

　　"清醒着呢，你是不是不喜欢我喝酒？我可以戒掉。"他低头耐心地询问。

　　董西摇头："不用，你这样挺好。"

　　事实上，她还挺喜欢柏松南喝酒时候的样子，就像在凤凰的那个小酒吧时，他轻叩酒杯，迷乱灯光中仰头喝下，那模样实在是危险又迷人，带着致命的吸引力。

　　两人的距离逐渐由半掌宽缩成小指长度，慢慢地又变成肩膀挨着肩膀，最后毫无缝隙。

　　手背不经意地挨蹭，带来一阵麻酥酥的痒意，从指尖的神经末梢一路传导到大脑皮层，刺激了多巴胺的分泌，让人愉悦到好像身体轻飘飘得要飞起来了。

　　几次错过之后，柏松南的手终于牵住了董西。

你别笑了，
我会心动

滑溜溜冰凉凉的，像条鱼一样。

这是他的第一感觉。

董西终于忍不住，闷笑出声。

柏松南恼羞成怒："你笑什么？"

董西边笑边道歉，毫无诚意地说道："对不住啊，哈哈哈哈哈，就是你好……纯情？我一下适应不了。"

柏松南气得大喊："董西！"

"哈哈哈哈，不笑了不笑了。恕我直言，你不是传说中泡过的妹子能拉一卡车吗？怎么……噗哈哈哈哈！"

她又忍不住笑起来。

柏松南从未见过她这么开怀大笑的模样，从眉梢到嘴角都洋溢着笑意，就好像冰霜散尽，底下就是一片日出江花红胜火的生动美景。

即使她嘲笑的主人公是自己，柏松南也忍不住同她一道笑了起来。

他没念过多少书，形容不出来董西这笑带给他的极大震动，但如果按他的话来讲，那就是看见她笑得这么开心，就算是让他即刻去死，他也死而无憾了。

两人像一对傻子，在深夜的街头对着笑了好半天才停下来。

董西依然很好奇他为什么身经百战还这么青涩害羞。

柏松南拗不过她，只好解释道："那些都是假的，我也不知道传闻是怎么出来的，反正等我反应过来的时候，说我提起裤子就不认人的流言已经满天飞了。不怕你笑话，那时候我是好多个孩子的爹，假如那些孩子真的出生了的话，估计现在能组两支足球队。"

董西问他："那你为什么不澄清？"

"讲不听啊，我怎么解释他们就是我不听我不听，到最后我都懒得说了，还有一个原因就是……"

"是什么？"

他有些不好意思地说："觉得酷呗！"他伸出食指比了比自己的脑袋，"那时候中二病比较严重。"

董西哑然失笑。

不过比起冤大头喜当爹的人设，朝三暮四抛妻弃子的校园大佬的人设好像是更有面子一些。

"不过说真的，"柏松南牵着董西，偏头问她，"你为什么会答应和我在一起？"

闻言，董西脸上的笑意开始慢慢收敛起来。

"我也不知道。"董西回答。

柏松南的表情也开始变得紧张而严峻起来，他甚至有些慌乱地说道："董西，你……"

"只是你朋友那么问我，我很想答应。"

柏松南呆滞下来，董西抬头去看近在咫尺的他，呆呆愣愣的，很

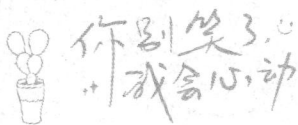

可爱。

　　她背着手站在昏黄的路灯下，冲他眨了眨左眼，笑着说："所以我就答应了。"

　　下一秒，铺天盖地的吻就落了下来。

　　唇舌激烈地纠缠在一起，喘息之余，董西抵着他的额头问道："你呢，柏松南，你想清楚了吗？真的要和我在一起吗？"

　　"想好了，我问了自己一万遍，结果都是一样的。"

　　他捧着董西的脸，认真地看着她的眼睛，轻声说道："董西，我要和你在一起。"

　　"可我总要出差，陪你的日子不多。"

　　"我等你回来。"

　　"可能一走就是三五个月。"

　　"那我就等你三五个月。"

　　"长的话会有一年。"

　　"那就一年。"他用额头蹭了蹭董西的鼻尖，动作亲昵又依恋，"你知道家里有个人在等你，就一定会回来。"

　　董西张嘴还想要说什么，却被柏松南的手指点了点嘴唇。

　　他柔软的嘴唇覆了上来，董西听见他富有磁性的声音在耳边响起："嘘，时间还早，让我们来接个吻。"

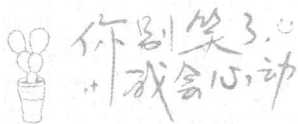

柏松南到底还是没能将那十年的光阴一五一十地告诉董西，过往太沉重，对于他来说是甜蜜的回忆，对董西来说可能就是不必要的负累。她不必知道他有多爱她，然后再去烦恼忧愁自己到底担不担得上这份爱，来日方长，他希望董西能够无所顾忌地和他在一起。

至于他自己吗？

十年所有爱而不得的心酸，在董西那一句"我很想答应"下，已经尽数消弭，唇舌相依之时，脑子一片混沌，他只有隐隐约约一个念头。

那十年，是值得的。

4

"别忘了把我的头带上。"

四周一片寂静，房子里漆黑一片，伸手不见五指，唯有月光透过窗纱带来的一点点微弱的光亮。月影幢幢，风吹过树叶时，带得投射到地板上的影子张牙舞爪地晃动，这场景很是瘆人。

董西的声音偏清冷，这么一句惊悚的话在柏松南耳边响起时，拿着手机的他差点儿把手机当场甩到二米开外。

"什……什么头？"后背惊出一身白毛汗，他颤抖着嗓子问道。

"充电头啊。"董西觉得莫名其妙，"不然还能是什么头？"

柏松南："……"

你别笑了，
我会心动

"你以后说话，还是把全称带上吧。"

再这么来一次会死人的！

董西丝毫没有意识到自己说的话有多么大的歧义，继续说道："头在床头柜的抽屉里，你动作快点，不然我妈要回来了。"

柏松南只好举着手机，打开手电筒，蹑手蹑脚地摸进董西的卧室。

这是董西和董母一起住的房子，她在她父亲的婚宴上就地一倒，刚刚好被柏松南瞧见，当时心急如焚的他哪里还记得要给她拿包，把人抱在怀里就是一个百米冲刺，只想赶紧把她送到医院去。

于是就导致了董西现在身无分文的情形，既无银钱傍身，也没有各类证件，连手机都不在身边，最后还是柏松南从柜子里搜出了一部他从前的旧手机给她用，她才不至于和外界彻底失去联系。

然而在柏松南家待了两三天后，她还是决定去取回她的东西，不过当然不能明目张胆地取，得挑一个董母不在家的时间段才行。正巧自从董母迈入中老年阶段后，极度痴迷广场舞这项运动，每天晚上七点到九点都是董母去跳舞的时间，这就给了董西可乘之机。

不过当然也不能董西自己去取，一个是周围邻居都认得她，到时候同董母说起事情就会败露；另一个原因则是万一运气不好当场被抓包了，董母肯定又会掀起一场世纪大战。

所以这项光荣又艰巨的任务就顺理成章地落在了她的新任男友柏松南身上。

柏松南欲哭无泪地对着手机那边的董西说道："我们就不能光明正大地进来拿吗？董西，你和你妈妈好好谈一谈不可以吗？"

董西不同他废话，冷酷道："赶紧拿了走人。"

柏松南摸了摸鼻子："那好吧。"

"床头柜的抽屉，打开它，是第二格啊，别开错了。"

然而话音未落，他就已经动作迅速地拉开了第一层抽屉。

柏松南满脸呆滞地看着自己手中摸到的那一团柔软，手电筒的光线打在上面，让他看得异常清晰。

那是一副蕾丝胸罩，雾霾蓝的颜色。

柏松南的脑子里不受控制地涌出一系列禽兽不如的想法，让他红了面颊。

雾霾蓝啊，董西那么白，穿上这个，一定很美。

那头董西没听见他回话，狐疑道："你是不是拉开了第一格？"

"我……"柏松南结结巴巴说不出话来。

"算了，既然都看到了，顺便给我拿上两套吧。"

要……要拿吗？

他像被蛊惑了一样，长指挑起那件轻薄的蕾丝胸衣。

柏松南入了神，突然，他听见一道带着疑惑和愤怒的中年女声在耳边响起。

"你是谁？怎么在我家？"

他仓皇转头，然后看到了那个在婚礼上匆匆一瞥看见的、以一当十的剽悍妇女，也就是董西的妈妈，此刻正拿着把锋利的菜刀，怒视着他。

柏松南心脏瑟缩了一下，连忙道："不是，您听我解释……"

一句话没说完，就看见董母的视线已经从他的脸转移到了他的手，柏松南顺着她的视线转头看去。

月光下，被他左手拿着的胸衣，前端缀了颗细钻，此时正闪着银光。

柏松南觉得，现在他可以当场去世，入土为安了。

画面转到董西那边，她正蹲在自家这栋楼的花坛底下等着柏松南来，整个人就像一朵长在花坛边的天然蘑菇。这里平时少有人经过，一众蚊子都饿得腹中空空，没想到今天居然有个大傻子上门来给它们送外卖，一下子都来盯着她裸露在外的胳膊和小腿咬。

董西没得衣服穿，故而这几天穿的都是柏松南的T恤和他买小了的一条裤衩。

柏松南人生得高大，董西也不矮，一件T恤穿在她身上，宽宽松松，刚好遮盖住臀部，硬生生给她穿出了一种时下流行的oversize风，走在路上也不会显得太过怪异。但好看的东西往往华而不实，就比如她现在被蚊子叮咬得满腿是包，也找不到什么办法可以抑制这股痒意，只好把

T恤往下拉，盖住脚踝。但这样一来，顾下不顾上，她肩颈大片的皮肤又裸露了出来，蚊子们闻风而上，在她肩上迅速又咬了好几个大包。

就在董西等得越来越烦躁的时候，贺维给她发来消息。

"在干吗呢？"

董西简短地回复她："等人。"

"等谁？南哥吗？"

"嗯。"

贺维奇道："哟？他干吗去了啊？你俩这几天不是一直都黏在一块儿吗？"

董西被咬得烦，连打字的动作都变得狂躁起来。

"他给我拿董西去了。"

字打错了，然而手指速度过快，这句话已经发送了。

贺维在那头笑得猖狂："哈哈哈哈哈哈哈，你不让人叫你董西，怎么现在自己把董西和东西混淆了？哈哈哈，我跟你说，这就是手机输入法的问题，好几次我差点也要把'东西'打成'董西'发给你，吓得我出一身冷汗，生怕你提刀来砍我。"

董西捏着手机，神色复杂，她没告诉贺维的是，这不是她自己的手机，而是柏松南从前用的手机。

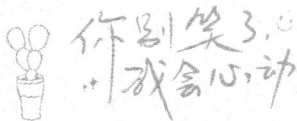

从前，这是多久的从前呢，手机的型号如此老气，看着不像是近几年出的产品。

在他这部旧手机的输入法里，为什么打"东西"二字，率先出来的是"董西"呢？

董西突然有一种强烈的直觉，她和柏松南之间，一定有过交集，可能是她不知道，也可能是她忘记了。

但不管怎样，柏松南有事瞒着她。

她突然情不自禁地喊了一声"柏松南"。

手机里立即传来一道熟悉而冰冷的声音——

"董西！你赶紧给老娘滚上来！"

KEKEXILI

POST

Chapter 06

我真是太讨厌你的"我觉得"了

1

董西看着地上从虚掩着的大门透出来的光线，深吸了一口气，然后推开门，走了进去。

客厅里灯火通明，董母坐在沙发上，柏松南就搬了张小板凳坐在她对面。

那张板凳还是平时董母择菜洗衣时坐的，巴掌大点儿的余地，也亏得他一个牛高马大的男人坐得下。

他手里捧着杯茶，手脚蜷缩地坐在矮板凳上，眼观鼻鼻观心，一副低头认错的小学生模样。

而董母抱臂做冷漠状，眼神犀利地盯着他。

隐隐约约，有点对簿公堂的架势。

董西伸出去的脚顿时有些犹豫，无奈董母早就看见了她。

"你给我进来！"

董西耸了耸肩，干脆挺直腰板走进客厅，死猪不怕开水烫。

董母说道："小南，你坐沙发上来，凳子让给她坐。"

柏松南满脸谦卑:"不不不,我坐就好,她坐沙发,这凳子挺好的。"

董西踢他,言简意赅道:"起身。"

"好嘞。"他不敢违逆,一秒钟内迅速起了身。

董母冷眼看着,片刻后冷若冰霜地问:"你这几天睡在哪里的?"

董西轻嗤:"您这不明知故问吗?"

这态度委实不算好,董母听得心头火起,又被她强行按捺了下去。

"你们是什么关系?"

柏松南道:"阿姨,我们是……"

话没说完,就被董西一通抢白:"男女朋友呗。"

"男女朋友也不能随随便便住人家里!还没结婚呢,你这像什么样子!"说到这里,她又有些忧心忡忡,"你也老大不小了,到底打算什么时候结婚?我看人小南就挺好的。"

坐在旁边的柏松南闻言心中一喜,没想到自己以一副偷内衣的猥琐小贼形象和董母打了个照面后,在他未来丈母娘的眼里他还属于"挺好"那一类?

"阿姨,我……"

"不结。"

柏松南惊讶地望向董西,她表情冷漠,眼底是毫不掩饰的厌恶。

董母再也压抑不住心底的火气,猛地一拍桌子,激得桌上茶杯里的水荡起一圈又一圈的涟漪。

"不像话！你听听你自己说的这是什么话！不结？你要当一辈子老姑娘吗？你这是不孝你知道吗？"

董西冷笑一声，抬眼毫不畏惧地看着她妈妈说道："呵，不结婚就是不孝？您这逻辑恕我实在无法苟同。"

柏松南赶紧扯她袖子："董西，有话好好说。"

董西看了他一眼，最终还是收敛了眉目间的戾气，她软了语气道："结婚做什么？结了婚的不还是会离婚，最后互相埋怨，弄得连朋友都做不成。"

董母脸色冷下来："你这是在说我和你爸？"

"总之我不会结婚，薄薄的一张结婚证，对我来说，没有任何意义。"

董母抱臂冷哼，母女俩脸上是如出一辙的冰冷神色。

"你说这话，"董母一指旁边坐着的柏松南，"有没有考虑过你这位男朋友会怎么想？"

董西只听到自己心里"咯噔"一声，她仓皇扭头去看柏松南。

他没说什么，甚至还冲董西笑了一下，可董西却觉得那笑看着让人分外难过，涩涩的。

她不禁想刮自己一耳光，自己究竟说了什么混账话。

内心觉得愧疚又后悔，董西无法再继续待下去，说了一句"我走了"，起身便要离开。

董母倒也没有拦她，只是等他们走到玄关附近时，突然开口说道："明天过来吃饭。"

正在换鞋的董西扶着墙看过来。

董母避开她的视线，若无其事地道："我做火锅吃，你不是想吃很久了？"

董西想也没想地就拒绝："明天我没时间。"

"那你什么时候有时间？"

董西愣了愣，她本以为董母会疾言厉色地扔过来一句"爱吃不吃"，没想到却是一句近似妥协的"什么时候有时间"。

"下周吧，可能有时间。"她模棱两可地说道。

董西确实是没时间，她接了一笔去三亚的单，这也是她为什么费尽心机夜探她家的原因，她急需身份证订前往三亚的机票。

等董西从三亚回来时，就到了去董母那儿吃火锅的日子。

本来只是去吃个便饭，但不知道怎么的，消息一传十十传百，就变成了"柏女婿的相看宴"。赵敏敏一家率先来凑了这个热闹，贺维也表示要参加，贺维来了，自然也要有童华顺的一份，最后江山也被他拉了来。

一群人浩浩荡荡按响董母家门铃时，董母正在剁棒骨，拿着菜刀

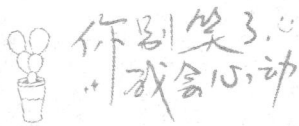

开门时看到这么一群人眼神清亮地盯着她，她手中的刀差点儿没砸她脚背上。

"你们这是……"

"进来吧。"董西扒开站在她前面的人，向董母介绍，"朋友。"

贺维亲亲热热地挽住董母的手臂，笑得像朵向日葵："阿姨，我又来蹭您做的饭啦，您今天做了卤味吗？"

董母一看是贺维，也笑了："是小维啊，阿姨可有阵子没见着你了，来来来，大家都快进来，别换鞋了。"

一伙人开始面带笑容地冲董母打招呼，连魏喂喂都被他爸爸按着脖子强行鞠了一躬。

董母自离婚后就一直是一个人生活，董西又常年在外，和她相处的时间也少，平时家里少有这么热闹的时候，她心里高兴坏了。更何况还有一个软糯的小豆丁奶声奶气地一口一个"奶奶"喊她，简直叫她忍不住宠着。

她拿出各色零食和酸奶给魏喂喂，又端出刚做好不久的卤味分给众人。随后像想起什么似的，她一拍大腿："哎哟，坏了，我没想到会有这么多人，菜不够哇。"

柏松南立马站起身道："阿姨，我去买菜吧，您告诉我要买什么。"

"那行，来，小南，你跟我进厨房。"

　　两人走进厨房，董母一样一样告诉柏松南要买什么，柏松南就拿着手机专心地记录。他个子高大，董母矮他一个头不止，或许是为了董母说话不必仰着头，他微微佝偻着身躯，却一点也不显得猥琐。

　　身旁童华顺熟门熟路地又吹了一波"彩虹屁"："好，不愧是老大，第一次见丈母娘也面不改色，丝毫不畏惧。"

　　董西听到他说的话，也懒得去纠正他这已经不是柏松南第一次见董母。她看着柏松南聚精会神地记下董母所说，专注的侧脸越显俊朗，一抹微笑神不知鬼不觉地爬上了她的脸。

　　柏松南要去采购，周边超市董西更熟，董母便要她跟着一起去，贺维见状也吵着要去，童华顺听见了立刻机灵地一把抢过柏松南手中的车钥匙。

　　"老大老大，我也去，我来开车。"

　　于是，四个人一起前往一公里外的沃尔玛超市。

　　到了超市，柏松南取了推车，然后侧头问董西："生鲜区知道怎么走吗？"

　　董西微微思索了一下，然后胸有成竹地一指左侧方："这么走。"

　　三分钟后，柏松南和童华顺看着眼前满排花花绿绿的姨妈巾面面相觑。

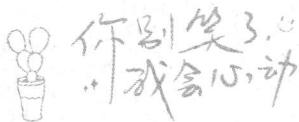

你别笑了，
我会心动

童华顺战战兢兢地问："大嫂，你对这超市，是不是不怎么熟啊？"

董西被他揭穿，没好气地瞪了他一眼，然后木着脸走上前去找工作人员问路了。

走之前，还听到童华顺那个大嘴巴在那里叽叽歪歪道："大嫂怎么不知道走也不说一声啊？我看她那么有把握的样子，还以为她真的知道呢，话说大哥，她刚刚是不是瞪了我一眼啊？"

柏松南闷笑了一声。

正在问路的董西立马三心二意地竖起耳朵，然后就听见柏松南以一种刻意保持正经但又不失调侃的语气说道："她就这样，好面子，又喜欢听人夸。"

董西扯起嘴角"喊"了一声。

正在为她热心指路的阿姨莫名其妙："怎么了，美女？"

董西反应过来，赶紧解释："没什么，谢谢您，阿姨，我知道怎么走了。"

董西回到三个人面前，对他们说："走吧。"

童华顺问："嫂子，你这问了一遍就会走了？"

董西直视前方，看都不看他一眼："嗯。"

童华顺学以致用，立即夸赞道："嫂子真是智力过人，记性好，方向感也好。"

董西嘴角悄悄弯起，眼睛里也出现了隐约的笑意。

柏松南敏锐地察觉到了她这一变化，推着车走到她身边。

"怎么突然心情这么好？"

董西瞥他一眼，语气平平道："没办法，谁让我就喜欢听人夸。"

柏松南："……"

原来她……听到了呀。

他站在原地，摸了摸鼻子，不禁露出一个笑来，虎牙闪着光。

一番折腾过后，四个人总算走到生鲜区，先去买了肉类，然后是蔬菜。

四个人里只有柏松南是个靠谱的，其余三个都是四体不勤五谷不分的米虫。童华顺家里好歹是做餐饮的，没吃过猪肉总见过猪跑，也还是帮得上一点忙。董西呢，一个在超市里都能迷路的，不做打算。还剩下一个贺维，这可是一个把绿色的菜统称为"青菜"的神人，泱泱中华，美食大国，菜品众多，可在她眼里，就分为两类——能吃的，和吃了会死人的。

"西西，西西，这是不是灵芝啊？"

董西看着货架上面巴掌大的"凤尾菇"三字，一时之间不知道是该怀疑贺维的视力，还是该怀疑她的智商。

"就你这水平，究竟是怎么做美食博主的？"

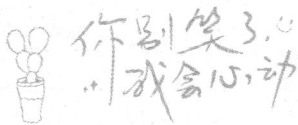

你别笑了，
我会心动

贺维一把揽过董西的肩膀，笑着道："哎呀，亲爱的，你以为那些看我直播的人都是来看美食的吗？不是啊，他们都是来看我的美貌的。"

余光中贺维似乎看到柏松南往她们这边若有似无地瞟了几眼，贺维立马上道地放开了董西，把她往柏松南身边一推，高举双手道："哈哈哈哈，一时忘记我家西西已经是别人的了，见笑见笑啊，南哥，我把西西还给你。"

柏松南嘴上说着"没有没有"，可当董西被推到他身边时，他还是诚实地牵住了董西的手。

两人自然地十指相扣，这是他最喜欢的姿势，手指挨着手指，掌心贴着掌心，两人从肌肤到手掌的纹路都好似严丝合缝。这个姿势，能让柏松南清楚地感受到，董西不再是远在天边的那个遥不可及的心上人，而是站在他身边，亲密的眼前人。

两个人从身高到颜值都相衬到了极点，贺维在后面看得眼红，哀怨道："我酸了，同花顺，你呢？"

童华顺狗腿道："不酸不酸，嘿嘿嘿，你跟我在一起，我保证酸的是他们。"

贺维笑得眉眼弯弯，亲切地告诉他："亲，你没戏。"

童华顺："……"

好气哦。

　　最后要采购的是水果，四个人来到水果区，董西和柏松南在前面挑挑拣拣，贺维和童华顺在后面吵吵闹闹。

　　"我的天，你为什么不吃榴莲！榴莲这么好吃的东西，居然会有人不喜欢？"贺维用一种非常难以置信的语气问道。

　　作为一个美食博主，贺维最不能忍受的就是她觉得无比好吃的东西，在别人眼里是一坨狗屎。

　　童华顺不理解她这种坚持，还举一反三道："有啊，我就不爱吃，老大也不爱吃啊。"

　　他甚至还振振有词道："我老大还说，吃这种东西的人，就像狗一样，喜欢那股屎味儿。"

　　贺维闻言，感觉榴莲作为水果之王，受到了极大的侮辱。她气得脸红脖子粗，大吼道："你胡说！西西就很喜欢吃！"

　　无形中成了条喜欢屎味儿的狗的董西："……"

　　无形中言语攻击了自家女朋友的柏松南："……"

　　"那个……"柏松南一张脸红了又青，青了又黑，嗫嚅道，"你听我解释。"

　　也许是自己都意识到这场面难以解释，他干脆破罐子破摔道："你等一下，我先去打个人。"

　　站在后面的童华顺抱着脖子瑟瑟发抖。

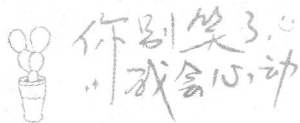

你别笑了，我会心动

可处在话题中心的董西却没有任何反应，柏松南意识到不对劲，低头去看她表情，见她一副神游天外的样子，视线直视前方。

柏松南一边问道怎么了，一边循着她的目光看去。

她紧紧盯着的，是一个男人，而那个男人，此时也正盯着她。

准确地说，是盯着他们紧紧相扣的手。

柏松南不知怎么的，心底陡然生出一阵恼人的烦躁感。

2

"小西，好久不见。"

站在对面的男人走到董西和柏松南面前，率先打了招呼。

董西冲他点了点头："好久不见。"

她脸上是一派云淡风轻，手却突然紧了一下。她的手被柏松南攥在掌心里，他能清楚地感觉到她这一个下意识的反应。

男人又对柏松南伸出手："你好，我是傅从理。"

柏松南的心不禁沉了一下，傅从理，是那个董西为之醉过酒的前男友。

如果不带任何偏见来讲，傅从理确实称得上是一个优质男人。眉宇端正，肤色白皙，鼻梁上架一副金丝边眼镜，五官不至于过分出彩，但由于有一身的书香气加持，他的气质就陡然提升好几个度，看着就是一个儒雅矜贵的青年。再加上他逛个超市都西装革履，从头到脚无一不体现着"成功人士"四个大字。

柏松南心想，傅从理一定有一个良好的家庭吧，这一身得体的修养，不知要多少年潜移默化的教诲与培育才能养成。

自卑感如雨后春笋，争先恐后地从他心底冒了出来。

所有思虑不过在分秒之间，傅从理的手还伸在柏松南的眼下，他伸的是左手，按道理，柏松南应该伸出左手去与他相握，柏松南却剑走偏锋地伸出了右手，左手依然牢牢牵着董西。

"你好，柏松南。"

傅从理见状，笑了一下，问董西："新男朋友？"

"对呀，这就是我们西西的新男朋友啦。"贺维站上前来，表情骄矜，"看见没有？南哥个子比你高，长得比你帅，还比你有钱，最重要的是，人家对西西特别好，特别珍惜我们家西西。"

傅从理没理会贺维的话里藏针，只盯着董西，半晌后扯出个讥诮的笑："新男友交得还挺快。"

董西发出一声冷笑，只把站在她身边的贺维激出一身鸡皮疙瘩。

"还行，没你快。"董西冷冷道。

贺维还来不及弄懂这场对话里包含着什么惊天动地的秘密，一个穿着宽松孕妇装，挺着西瓜大的肚子的女人就走了过来。她先是一挽傅从理的臂弯，然后就是一声甜腻的"老公"。

这声"老公"，把对面站着的四个人都恶寒得抖了三抖。

大肚子女人以一种非常轻蔑的眼神从头到脚扫了董西一眼，然后轻飘飘道："哟？这不是大摄影师董小姐吗？怎么着，还在搞摄影？拍婚纱照的还敢找你吗？也不怕拍个婚纱照把老公给拍走了。"

女人掩唇娇笑。

柏松南听出了她话里对董西浓浓的侮辱和敌意，正想开口提醒这位孕妇说话注意点，却听见贺维突然冷哼了一声："呵。"

董西、柏松南、童华顺他们三个人顿时都以为贺维是要搞出什么大事了，精神一振，想看看这个当年被小混混围堵在小巷里，只敢吞吞吐吐骂"不要脸"的少女，在经过社会的千锤百炼后，究竟要吐出什么惊天动地的狠话。

只见贺维首先是秀气地甩了一个白眼，保证从动作到精神都已经高度藐视对方了，然后她才微微动了动红艳艳的樱桃小嘴，吐出一句："哼，你算哪块小饼干？"

董西："……"

柏松南："……"

童华顺："……"

三个人不约而同地沉默了一分钟之久。

　　最后，董西实在受不了了，把自己头上的鸭舌帽往贺维头上一盖，又拉低帽檐，盖住她的半张小脸，然后顺手把她往腋窝里一夹。

　　"走吧。"

　　傅从理还在盯着董西看，奈何董西再没赏给他半个眼神。柏松南眯着眼警告性地看了他一眼，随后揽着董西纤细的腰肢扬长而去。

　　走出几米远，被董西抓着的贺维才后知后觉地反应过来："不对啊，那女人肚子大得跟个球一样，那绝对七八个月往上走啊，你跟傅狗分手才四五个月吧……"

　　她停下脚步，看着董西，大声说："西西，你这是被人绿了呀？"

　　董西却一点也不惊讶或是气愤的样子，无动于衷道："你再大点儿声，整个超市的人都会知道。"

　　贺维来气："你知道？"

　　董西漠然地看着她。

　　被人绿不是什么光彩的事，被男友的前女友绿就更不是什么光彩的事了。诚如柏松南所说，她确实是个好面子的人，分手的真正原因也从未对贺维说起过，即使贺维问起，她也是一句含糊的"性格不合适"。

　　可谁知道她只是非常凑巧、偶然地来逛一次超市，就偏偏碰上前

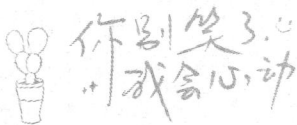

男友跟新任娇妻呢？娇妻皮球大的肚子，简直就是她头上那顶绿帽子的铁证。

贺维拔腿就要去找那对狗男女算账，被董西一把拦腰抱住。

贺维挣扎道："你放开我！我要去撕了那狗男人！"

董西制住贺维，忽然耳畔一阵风吹过，她还来不及反应，就听到身后一声刺耳的女人尖叫传来。

就像电影里的慢镜头似的，她放开扣在贺维腰间的手，回头，看见柏松南揪着傅从理的衣领，然后就是一拳。

柏松南力气有多大董西很清楚，这一拳下去，长期站在手术台上疏于锻炼的傅从理很快就瘫坐在了地上，那位新任娇妻倒是没急着去扶傅从理，反而挺着肚子去捶打柏松南。

柏松南看都没看她，随她去打，只是狠狠盯着地上的傅从理，像是在说什么话。

董西过去时，柏松南那一句话正好说完，她没能听到，只得赶紧蹲下去看傅从理的伤势。

傅从理伤得有些重，嘴角出血了，还笑着对董西说："这就是你找的新男朋友？董西，你不是吧，找这么个有暴力倾向的混子？"

董西抬眼危险地瞪了傅从理一眼："嘴破了就少说点儿话。"她站起身，居高临下地对他说，"自己去医院吧，医药费找我助理报销。"

然后，董西转过身来准备去牵柏松南，柏松南却突然像触电似的甩开了她的手。

董西一愣，但很快，柏松南又来牵她的手。

董西抬头看他，见柏松南眼神里都是懊悔之意，还有点怕她生气的惴惴不安。

董西没来由地，突然也想给地上的傅从理来一拳。

傅从理的那位娇妻见他们要走，拔高了嗓子道："你们不能走！"

柏松南转头看了她一眼，这一眼包含的狠意让她不禁瑟缩了一下。

他并不是温室里长大的孩子，从小随父母奔波躲债，让他练就了一副冰冷的面皮和刀枪不入的眼神，坏人来了先让对方怵几分，意识到这小孩儿不好招惹。等到青春期时，他不凡的身高和不服软的性格总会招惹来许多麻烦，他惹不起也躲不起，只好见招拆招，就这样从街道胡同里打响了他龙阳大佬的名声。后来出社会闯荡，即使他手里拿着的是锅铲，腰上系的是围裙，也不意味着他柏松南就是一个好招惹的人。

因此，等大肚子女人反应过来时，董西一行人已经走出很远，而她的手心里，竟然生出了密密麻麻的汗。

回到家，柏松南将食材放到厨房，随后就再没出来过，干脆帮董

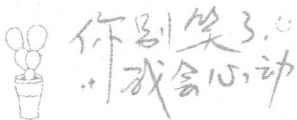

母做起了火锅。

董母一开始还在担心柏松南一个大男人到底会不会做饭，可一看他拿刀的姿势就知道这是个熟手，再一尝他做的锅底，果断决定退位让贤，将厨房的控制权交给了他，自己则为他打打下手。

没过多久，热气腾腾的火锅就做好了，一群人围着餐桌坐下，锅底是鸳鸯锅，清汤是用来给不能吃辣的魏喂喂涮菜的。红油翻滚的辣锅里，香料味顺着空调的冷风钻进大家的鼻子，让众人食指大动。

赵敏敏身心舒畅："哥，你这手艺真是丝毫没落下啊，不愧是开过火锅店的人。"

董母奇道："嗯？小南还开过火锅店？"

赵敏敏最会讨长辈喜欢，立马热心地给董母科普："是呀，阿姨，我哥之前开的那家火锅店可红火了呢，本来都准备开连锁了！"

"是吗？那怎么现在不做了？"

赵敏敏顿时像点了穴般闭嘴不言了。

董母还在等她的下文，柏松南轻飘飘地扫了她一眼，自然地接过话头："后来出了点儿事，阿姨。"

至于具体是什么事，他没有继续说下去的打算，董母也不准备打破砂锅问到底，只惋惜地说了句"可惜了"。

柏松南笑了一下，手上拧开维他奶的瓶盖，顺手递给了董西。

一顿火锅吃完，大家都撑得肚子滚圆，躺在沙发上起不来，柏松南收拾了碗筷去厨房，马上被董母拦住。

"别别别，你别洗，让董西去。"

董西被董母赶进厨房，看着水槽里的一片狼藉，叹了口气，正想挽起袖子，就听见柏松南轻笑了一声。

"出去吧，不用你洗。"

董西无意识地往客厅瞟了瞟，嘴上说道："没关系，我来洗。"

柏松南抵住她的双肩将她往外推："出去吧，你去阳台消消食，阿姨不会发现你没洗碗。"

董西出了厨房，董母正在客厅跟魏喂喂逗着玩，一老一小咯咯咯笑个不停。她趁机脚步一拐，悄无声息地去了阳台。

阳台上放着一张圆形玻璃桌和两张藤椅，是个供人小憩的好去处。此时临近黄昏，天气不再像正午那般燥热，晚风吹拂，带来阵阵凉意，清爽怡人。

董西撑着栏杆欣赏了一下晚霞，忽然听到身后传来推拉门发出的声响。

她心脏一抖，转过头一看，是赵敏敏，不由得松了口气。

赵敏敏拿着两瓶酸奶，用胳膊肘把门合上，然后转身递给董西一瓶，还俏皮地对她道："学姐，快拿着，这可是我好不容易从魏喂喂那里抢过来的。"

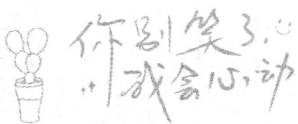

你别笑了，
我会心动

董西接过，将吸管往酸奶杯里一插，吸了一口。

"谢谢啊。"

赵敏敏摆手："我哥啊，不轻易下厨，一下厨，就撑得让人走不动道，所以饭后一定要来杯酸奶助消化。"

董西莞尔："他做饭是很好吃。"

董西的侧脸融化在温暖的夕阳里，唇畔的微笑温柔又美好。

赵敏敏直觉在她身上发生了什么变化，好似她已经不再是那个初见时疏离得体、拒人于千里之外的董西了，她已经变得亲切又好接近。

赵敏敏不禁问："学姐，你现在幸福吗？"

"嗯？"董西有些没听清。

赵敏敏笑了笑："反正我哥是挺幸福的，毕竟他暗恋了你十年，简直是农奴翻身把歌唱啊，哈哈哈哈……"

她没能笑下去，因为她看见在橘色的夕阳里，董西的眼神懵懂又震惊。

赵敏敏顿时察觉到不妙，干巴巴道："他不会……不会……没跟你说吧？"

董西眨也不眨地盯着赵敏敏的眼睛，表情严肃。

董西缓缓开口，像是用尽了全身的力气——

"什么十年？"

3

等一切收拾完，又陪董母唠了会儿嗑，夜幕就降临了。

大家都纷纷告辞，准备各回各家。柏松南和董西走之前，董母拉住了董西，柏松南有眼色地选择了在门外等待。

"你回来住，或者住回你原来的房子，违约金妈妈来付，女孩子要爱护自己，还没结婚不要住在男朋友家里。"董母拉着董西的手苦口婆心道。

董西低着头，没说好，也没说不好。

董母忽然想起柏松南对自己说的那些话，在董西出差去三亚的日子里，这个男人不厌其烦地来她家楼下找她，替她扛东西提菜篮，然后见缝插针地告诉她，董西这些年的好胜与委屈。

她真的是重男轻女吗？自己生下的孩子，手心手背都是肉，只是她生下董是之后，自己婆婆才终于给了点儿好脸色，董西又是一个不爱哭的孩子，俗话说爱哭的孩子有糖吃，好像不经意之间，她真的把注意力更多地放在了董是身上，忽略了董西。

作为一个母亲，她突然觉得羞愧得抬不起头来。没有人比她更明白作为一个女人的艰难苦楚，可这么多年来她却一直是董西这份艰难

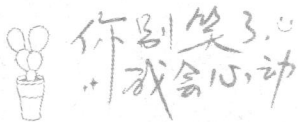

的施予者。

董母叹了口气，收起一贯的刻薄与毒舌，整个人像是老了十岁："对不起，西儿。"

董西十分意外。

董母摸了摸她的头："我不去你爸家闹了，你以后要给他钱我也不管了。但有一个条件，要在你的能力范围内给。"

董西愣怔着点了点头。

"我不后悔当初和你爸离婚带走的是你，我本来要的就是你，只是你爸要董是，我又习惯了同他争，所以……"

董西的眼泪猝不及防地掉了下来。

董母把她抱进怀里，双手温柔地抚摸她的后背："没想到，你这孩子，一声不吭地误会了十年。"

董母又叹了口气，轻声说："回来住吧，西儿。"

董西忍着泪水点了点头。

走之前，董母拉着她的手，殷切嘱咐她："小南是个好男人，比那个小傅要稳重，他眼神不飘，都落你身上，看得出是个实心眼儿的好孩子，你好好和人家在一起。"

董西点头应允。

柏松南开了车来，停车场稍微有些远，两人便在夜色中慢慢踱着步子。

"谢谢你。"董西突然说道。

"嗯？"

"我妈妈，你找过她吧？"

柏松南摸了摸后脑勺："是，你会不会嫌我多管闲事？"

"怎么会？"董西摇头，"我还很感谢你，如果不是你的话，我和我妈不知道还要置多久的气。"

柏松南皱了皱眉，犹豫几番，最终还是说道："董西，我们之间，不用说'谢'字，你……你别跟我这么见外。"

董西走上台阶，这样一来，她的视线可堪堪与柏松南齐平，她能毫无遮挡地直视他深邃如海洋的眼睛。

"好，不说'谢'字，那这样……"

董西停顿了几秒，像是在考虑接下来的话究竟要不要说出口，或者，以一种什么样的方式说出口。

权衡几秒后，她问道："柏松南，你要到什么时候，才会告诉我那十年的故事？"

话音刚落，董西就紧盯着柏松南，不肯放过他脸上的任何一丝表情。

灯光下，她可以清晰地看到柏松南的唇色迅速消退，瞳孔微缩，

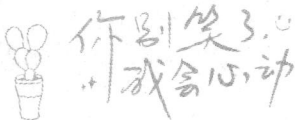

满脸的讶异与惊惶无处可藏。

董西心想，看来是真的了。

难怪柏松南第一次和她见面就直呼她"董西"。

难怪他一开始就对她表现得友好又亲切，一点也不像个刚认识的陌生人。

难怪他能清楚地摸清她的喜好，知道她酒精过敏，知道她爱喝玻璃瓶的维他奶。

难怪一部旧手机里，输入法率先打出来的是"董西"，而不是"东西"。

原来如此！原来如此！

在赵敏敏的描述中，她是当年龙阳小巷里挽救贺维的飒爽女侠，而他是藏在暗处的路人甲。她从天而降，从此落在了他的心上。

原来，在这个世界上，还真的有暗恋人十年的傻瓜。

更傻的是，被暗恋的这个人，竟然连他的存在都不知晓。

董西深吸了一口气，又缓缓吐出。现在明明是夏季，她却觉得那口气让肺部都带着股冷冽的凉意。

她认为自己应该说点儿什么，却又不知道该怎么说，她不善言辞的老毛病，在此刻不合时宜地卷土重来，把两个人都卷进了一个沉默又尴尬的境地。

　　柏松南舔了舔嘴唇，在心理学上，这是一个暗示焦躁的动作，他踌躇片刻，最后说道："你……你别怕。我不会拿这个，逼你结婚或是怎样的。"

　　他动了动嘴角，似乎是想冲她笑一下，却又笑不出来。

　　"其实这和你没什么关系，我喜不喜欢你、又喜欢你多久，都是我自己的事。"说到这儿，他倒是自嘲地笑了下，"我还不想喜欢你这么久呢，太累了。"

　　他伸出食指点了点自己的胸膛："可我管不住它啊。"

　　暗恋一个人是件多么辛苦的事啊！

　　他熟知董西的一切，董西却连他是谁都不知道。他不是没有想过放弃，心想要不就算了，但上一秒理智让他去忘记关于董西的事情，下一秒董西一张清冷的脸就自动浮现在他脑海里，情感倾泻而出，无法自拔。

　　他是上了瘾，毒名为"董西"。

　　"我不想告诉你的，是赵敏敏跟你说的吗？"

　　董西没回答柏松南，只是看了他片刻，然后抱紧了他。

　　柏松南一下没反应过来，迟疑了几秒才同样抱住了她。

　　董西站得高，下巴正好能放在他的肩膀上，她在他耳边轻声说道："你怎么能不告诉我呢？"

天鱼正版

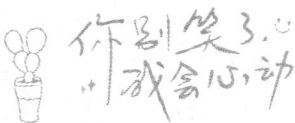

"我只是觉得，没有这个必要。"

董西叹气："我真是太讨厌你的'我觉得'了。"

她放开柏松南，神色认真："你觉得没必要告诉我，你觉得这和我没什么关系，你觉得我会怕你拿这十年暗恋来强迫我结婚。

"都是你觉得，那柏松南，你觉不觉得应该问一下我是怎么想的？"

柏松南："我……"

他的脸上又浮现出那种歉然的表情，让他看着脆弱又茫然，董西觉得自己的心已经软得一塌糊涂。她伸出双手，捧住了他的脸颊，在他紧皱的眉心印下轻浅一吻。

"我不喜欢婚姻，但如果是你的话，我觉得也不是那么难以接受。"

柏松南顿时瞪大了眼，去捏她的手腕。

董西"嘘"了一声，又去亲吻他的嘴唇。

柏松南下意识地想加深这个吻，却不料董西很快抽身而退。

"你还有什么要告诉我的吗？爱情里最忌欺瞒，你不是号称谈过的妹子有一卡车吗？怎么这个也不懂？"

"都说了，"他的眼睛微微发红，看着有些委屈，"我只有你一个。"

董西忍不住笑出了声，额头碰着他的额头，柔声道："柏松南，如果当年你早点告诉我的话，说不定……"

"说不定什么？你会和我在一起吗？"

董西："呃，不会。"

柏松南："……"

董西再次轻笑出声："别生气，当年我的眼里只有学习，你如果来和我告白，估计我也只会觉得你比之前那些人帅了一点，然后再告诉你不要打扰我学习。"

柏松南也笑："我也知道这一点。"

他亲昵地蹭了蹭董西光洁的额头，低声说："当时的你眼里只有学习，这真是我最庆幸的一点了。"

董西抬起头，问他："你介意我谈过一段吗？"

毕竟他只有她一个，而她却和别的男人谈过一段长达三年的恋爱。

柏松南毫不犹豫地摇摇头："我只觉得嫉妒。你在超市看到他的时候，好像很紧张。"

董西莫名："你哪里看出我紧张了？"

柏松南扯过她的手和她十指相扣，故意紧了紧手，做出和董西在超市时一样的动作。

"这样，你当时这样了。"

董西哭笑不得："好吧，我确实那样了。"

柏松南立即露出"看吧，你就是紧张了"的表情看着她。

董西觉得有必要辩解一下："不过我那不是紧张，而是看到一个绿了我的渣男，手痒想冲上去把他暴打一顿。"

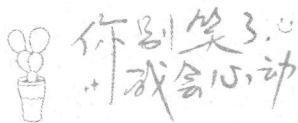

你别笑了，
我会心动

柏松南："……"

"不过没关系，"董西潇洒地说，"好在我新交的男朋友帮我揍了他。"

柏松南顿了顿，还是没忍住，又说道："那你还去看他的伤？"

他说这句话的语气带着浓浓的醋意，就好像她去看前男友被他打出的伤势这件事是多么匪夷所思，让他难以理解。

董西难得看到柏松南这么幼稚的一面，觉得这样的他简直可爱到爆炸，忍不住"扑哧"一笑。

"我是怕他被你打破相，然后追究你的责任啊。"

说来说去还是担心他，柏松南心底那些冒泡儿的酸水瞬间平息，接着又泛出甜得掉牙的蜜来。

他极力地绷出一张严肃脸。

董西道："别忍着啦，嘴角都要咧到耳根子啦。"

他终于忍不住笑了起来，两个人在夜色里相视而笑，像两个智商加起来不超过一百的智障青年。

"西西。"

他终于把这两个在舌尖辗转过千百回的字念了出来。

"嗯？怎么突然这么叫我？"

她都已经习惯了他叫她"董西"。

柏松南心道，是贺维告诉我你不喜欢别人叫你"董西"。

他还记得贺维以一种非常惊讶的语气问他："南哥！你怎么还叫西西'董西'？"

就好像在他叫了这么久的"董西"之后，还安然地活在这个世界上，是一件多么奇特的事。

不过他并不打算告诉董西这件事。

所有关于她的事，他都想暗中去慢慢了解和摸索，就好像十年前他对她的偷偷关注一样，每每知道董西的一个习惯或是怪癖，他都像中了彩票一样兴奋。

"西西。"他再次温柔地念出她的名字，大手抚了抚她的头。

董西就在他怀里温顺地回应。

4

八月的尾巴一过，在市民们的翘首期待里，Z 市最为凉爽的秋季就到来了。

作为一座南方的城市，Z 市是典型的亚热带季风气候，一年四季道路两旁栽种的香樟树都是郁郁葱葱，最多也就是在树叶尖端应景似的染上一些淡黄，聊胜于无。

"西西！西西！"

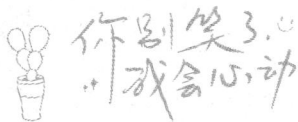

　　贺维伸手在董西眼前晃了晃，董西眨眨眼，勉强从落地窗外收回心神。

　　"怎么了？"

　　"我同你说话呢，你在看什么，看那么入迷？"

　　董西又往窗外望去，这是柏松南开的第二家可可西里奶茶店。

　　这个夏天，可可西里奶茶店的名声瞬间打响，已经和喜茶、奈雪等一众年轻群体喜爱的品牌齐名，成了当下最为火爆的饮品店之一，街上的男男女女几乎人手一杯可可西里。绘在杯壁上的吸珍珠的女孩儿娇憨可爱，俨然已经成了可可西里奶茶店的一个象征。

　　可可西里奶茶店的爆火，是柏松南没有预料到的，他的本意其实只是开一家小店，做做董西最喜欢的甜品。却没想到自贺维之后，其他网红也会来可可西里奶茶店打卡，奶茶店美味的甜点和独特的品牌文化都让人眼前一亮。"风在可可西里，而你在我心里"的宣传标语更是让人心醉，这样一传十十传百，来的人就越来越多，等他反应过来时，他已经"被迫"要开第二家分店了。

　　不同于开在破旧居民区里的第一家，第二家可可西里柏松南选择了开在 Z 市最为繁华的南京路，从落地窗外看去，可以看到宽阔的十字街、万达商场和国金中心，众多奢侈品店林立，是一个寸土寸金的地段。

董西探寻的视线消失在街道拐角处。

贺维还在不休不止地问："你在看什么？"

董西正打算说话，额头却突然被冰了一下。

她抬头去看，是柏松南把刚做好的一杯冰镇白桃乌龙贴在了她的额头上。

见她抬眸望过来，他温柔地浅笑："什么看什么？"

董西摇头，笑答："没什么。"

柏松南也就不再追问，把亲自做好的甜品放在桌上，一边问道："饿不饿？饿就吃点甜的垫肚子，我很快就能忙完，回去给你做海鲜吃。"

董西点点头。

柏松南将一份覆盆子冰激凌放在贺维面前，笑道："尝一尝，店里的新品。"

贺维傲娇："是帅老板做的吗？不是老板做的我不吃。"

柏松南失笑："你就吃吧，是我做的。"

贺维拿起勺子尝了一口，冰激凌在舌尖融化的那一瞬间，她享受地眯起了眼，一边说着"好冻好冻"，一边拿起手机打开拍照软件。

"南哥你这新品也太好吃了，太让人上瘾的味道！我来给你发个微博宣传一波啊，这种美食我微博底下的那些小胖子可不能错过

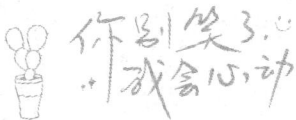

哪。"

柏松南笑了笑，然后俯身对董西说："那我先去忙了啊。"

董西挥手让他只管去。

他看了看，最终还是忍不住在她头顶摸了一把，然后心满意足地离去。

旁观了这一大型屠狗现场的贺维抽搐着嘴角问道："我作为一个孩子做错了什么？你们要这么对我？"

董西扔给她一个白眼。

贺维贼心不死，继续之前的话题："西西，你刚刚究竟在看什么啊？你快告诉我，不然我今晚要睡不着觉了。"

董西抚了抚头顶被柏松南弄乱的头发，蹙眉道："我感觉有人在跟着我。"

"嗯？跟着？这是什么意思？"贺维瞪大了眼。

"就是跟踪的意思，我感觉很不对劲，但又说不上来哪里不对劲。"

董西尝了一口柏松南给她做的甜点，味蕾上的甜蜜多少让她平静了一些。

"这么跟你说吧，有一次我出门扔垃圾，发现手机忘带了，我就把垃圾放在门口进去拿手机，结果我再出来的时候……"

"就怎么了呢？"

董西看着贺维的眼睛，一字一句地说："发现垃圾被人动过了。"

贺维被董西说得毛骨悚然，主要董西这人有些龟毛和强迫症，读书那会儿她桌子上的书就排得比部队走方阵还要整齐，谁要是动了她的书，哪怕只是书角向外倾斜了一点点弧度，她都能看得出来。

所以如果她说放在门口的那堆垃圾被人动过，那就真的是被人动过了。

贺维不禁打了个寒战："会不会是被风吹的？或者楼道里有人经过碰到了？"

"不会，那天楼道窗户根本没开，而且垃圾就放在我家门边，别人坐电梯怎么会到我家门口来，还碰到一袋垃圾？"

两人眼神对视，都想到一种可能。

那就是有人故意在董西家门口窥视，并且还不小心碰到了董西无心放在门口的垃圾。

一般人可能不会在意这点，甚至都不会发现，可偏偏董西最善于注意这些细节。

并且从那天以后，董西突然觉得不对劲起来，总有一种被人窥视的感觉。但每次她警觉地往后看时，身后又总是空荡荡的，不见人影。

贺维皱眉，担心不已："那怎么刚刚南哥来，你都不说啊？南哥到底知不知道啊？"

你别笑了，我会心动

"他不知道，我没跟他说。"

"你怎么不告诉他呀？"

"告诉他做什么？让他担心。"

贺维不解："你这不是有证据了吗？"

"说不定就是个胆小的小偷去踩点，也可能是我多想了。"

"那……"贺维张嘴还想说点儿什么。

董西打断她道："算了，你也别对他说起，我不想让他担心，知道吗？"

贺维瘪了瘪嘴，最终还是屈服于董西多年的淫威，保证自己不会说出去。

距离可可西里奶茶店一百米之外的一条街道上，拐角处，一个穿着长衣长裤的男人正僵硬地站在一棵香樟树下，或者更准确地说，是一个男孩儿。

从他压得极低的帽檐下望去，是一张非常年轻稚气的脸，只是他的眼神算不上稚气，甚至还有些老到和狠厉。在他手心里紧紧捏着的，是一部款式老旧的手机，不过功能尚算完好，屏幕上的照片拍得十分清晰。

洁净的奶茶店内，临窗坐着一个苗条纤细的女人，她眉目清冷，唇畔露出的一抹微笑倒是温柔又沉静。在她的目光尽头，是一个穿着

白衬衫正在给咖啡拉花的高个子男人，两人的视线在空中相撞，脸上的表情如出一辙，是陷在幸福里的样子。

男孩儿吸了最后一口香烟，然后随手毫不留情地在香樟树上碾灭了烟头，火星从半空中坠落，落进泥土里，转瞬消散。

他攥紧手机，最后看了眼门庭若市的可可西里奶茶店，转身离去。

你别笑了，
我会心动

KEKEXILI

POST

Chapter 07 ❤

董西，我们分手吧

❤

1

柏松南做了一个梦，他是一个很少做梦的人，但这个梦，却做得异常清晰和真实。

梦里他回到了十八岁那年，掉漆的雕花红木衣柜和破旧的长虹电视提醒着他这是当年在龙阳县的家。这个房子逼仄又潮湿，七十多平方米的小空间，硬生生被划出一个两室一厅一卫的格局，家具虽然不多，摆在这里也显得拥挤。他青春期抽条儿，身高陡然拔高到一米八五，站直身体几乎和门框齐高，总是被磕到，因此不得不刻意去躬身，导致少年人还未成型的脊骨，已经有了微微驼背的趋势。

他坐在自己的床上，膝头放着一张纸，上面写满了他冥思苦想的开场白。他准备第二天就去和心爱的女孩子告白，可苦恼的是，人家根本不认识他，所以他要想出一个不会冒犯到她的自我介绍。

职中大佬柏松南拿刀杀鱼、教训地痞流氓都不在话下，可这种舞文弄墨的活儿倒是让他犯难，写一句画一句，统统不满意。他抓着圆珠笔灵光一闪，刚要写下一句惊天地泣鬼神的开场白，卧室的门突然被一股大力推开，是他父亲柏光耀。

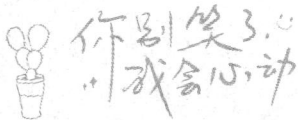

穿堂风顺着敞开的房门灌进来，带着寒冬腊月里特有的冷意，把柏松南冻得一激灵。

一场梦到这里开始变得像个真正的梦境，逻辑像脱缰的野马，剧情开始荒诞不经，他看见狂风裹挟着鹅毛大的雪片席卷进来，把屋子里的陈设吹倒一片，也把他手中的纸张吹走，他下意识想去捞，却听见他父亲在急切地叫他。

柏光耀是背风站着的，大风将他的衣角吹起，一头未修理的头发被风吹得乱七八糟。

他说："快走！柏松南！收拾东西！催债的来了！"

梦里的柏松南不愿意走，心道我还没来得及向董西告白呢，怎么能走？

柏光耀见儿子不走，来扯他胳膊，却发现根本扯不动，两人低头一看，才发现不知何时，大雪已经淹没到了腰间。

就在这时，柏松南感到地板开始下陷，他的左脚被人大力一扯。

下一秒，他人就到了一个漆黑幽闭的空间，他大声喊他父亲，可却得不到回应。四处摸索时，一束顶光照下来，照亮了他的四周，他这才看见，面前站了一个男孩儿。

男孩儿眼里带着恨意，下一秒，就满脸狰狞地举起手中的匕首刺了过来。

柏松南身子猛地一颤，眼睛睁开，灯光猝不及防进入瞳孔，让他愣了几秒。

他脸庞上传来冰凉的触感，董西担忧的脸出现在他眼前。

"你怎么了？做噩梦了吗？"

柏松南愣愣地看了她片刻，然后抱紧了她。

董西的身体柔软又温暖，他抱着她，什么也不用做，就能得到安慰。

"嗯，做了一个噩梦。"他开口说道，嗓音由于刚醒，微微沙哑。

"梦见什么了？"董西一下一下轻抚着他的后脑勺，轻声道，"我听见你叫爸爸，还有一个人的名字，好像叫……陈棋？"

柏松南的身体僵硬了一下，过了好半晌，他才说："嗯。"

董西好奇："陈棋是谁？"

柏松南转了个身，仰躺在床上，让董西的头靠在他的胸膛，有一下没一下地抚摸她的手臂。

"是以前邻居家的小孩儿，小时候带他玩过几次。"

"那怎么会梦见他？"

柏松南的动作顿了一下，说道："谁知道呢？"

董西便不再问，梦这种东西向来毫无道理可言，某天你在路上撞到了一个人，当晚可能就会梦到他。相比而言，柏松南梦到邻居家的小孩儿就不甚奇怪了。

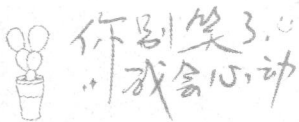

　　董西掀起柏松南的 T 恤，露出他衣服底下漂亮的腹肌和人鱼线，不过她并没有心思去光顾它们，反而将手往上移，到了柏松南的心脏附近。

　　他有一个健康的体魄，手下的心跳强劲有力，不过在胸膛那一块儿，心脏的正上方，有一个刺青。

　　刺青十分独特，是两个方向标，一个指向"West"，一个指向"South"，不用柏松南说，董西都知道这暗含了他们俩的名字。

　　她轻抚着那个刺青，问道："一个向西，一个往南，不就意味着永无相遇的可能吗？"

　　柏松南捉住她的手，左手垫在脑袋下，看着天花板说道："那个时候，我是真的以为再也见不到你了。"

　　听到这句话，董西脑中不自觉地想象出柏松南独自一人去文身的样子，他是为了掩盖一个伤疤，指向"西"的那个方向标正好覆在伤疤上方，让它看着不太明显。

　　董西用手指细细描摹，还能感受到那道凸起的疤痕，也不知道是谁，曾在他胸口最脆弱的地方留下这么一道伤口。

　　"你还是不愿意告诉我这伤是怎么来的吗？"

　　柏松南沉默半晌，最后在她掌心烙下一个滚烫的吻。

　　"以后吧，等有一天我准备好了，我再告诉你。"

于是，董西点点头。她从来就不是喜欢勉强人的性格，柏松南现在不愿意说，她也就不问，等着他愿意告诉她的那一天。

柏松南换了个话题："你明天真的不让我送你去机场吗？"

董西在他怀里摇了摇头："不用，你明天不是要去上海？"

"我可以推迟，先送你。"

"别为了我而耽误你的工作，柏松南，我不喜欢这样，公私要分明。"

柏松南不死心地问："那如果有一天，我发高烧快要死了，你在忙工作，我打电话给你，你回不回来？"

董西："嗯，我应该会给你拨个 120。"

柏松南："……"

他推开半躺在他身上的董西，将被子往头上一蒙，感叹道："噢，好难过。"

董西闷笑。

董西将最后一个长焦镜头仔细地裹好，然后放进行李箱。

"一个人可以吗？这么晚了？阿姨也没在家，都没人能送你。"柏松南低沉的声音顺着手机的扬声器在寂静的房间里响起。

他之前一个人絮絮叨叨说了快半个小时，不是提醒董西带上常用药，就是告诉董西不要落下什么东西。董西不胜其烦，感觉自己不用

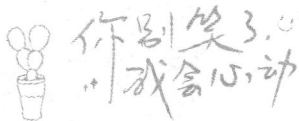

和柏松南白头到老就能知道他以后老了是一副什么德行，肯定会吵得她连助听器都不愿意戴上。

于是她干脆开了免提把手机放在一边，自己去收拾行李，任他在那边说，没想到他居然乐此不疲地说了快半小时。

董西无可奈何地走过去拿起手机，关掉免提。

"柏先生，没有你的那二十多年，我不也一样一个人过来了？"

那边静了片刻，随后传来他低沉悦耳的笑声。

"现在不是有我了吗？那就不一样了。"

董西掐了掐眉心："上海那边不忙吗，你和我打这么久电话？"

柏松南穿着一身笔挺的黑西装，白衬衣的领口上系着一条黑色领结，上面绣着精致的镂空蕾丝花纹，华贵而精美，是董西上次出差回来时，带给他的礼物。

他站在宴会厅的角落里，不厌其烦地叮嘱董西一些小事。

其实也没什么好说的，董西是个不喜欢依赖别人，自己的事情自己能够打理得井井有条的女人，很多事情其实根本用不着他来操心。但他就是喜欢照顾她，在穿衣吃饭这些小事上管她，在他看来，是一种安稳的幸福。

"我不忙。"

这本是喜茶的一个新品发布会，可可西里奶茶店作为茶饮界的新晋网红，柏松南这个老板自然也被邀请，他开场露了个面就下来给董西打电话，搞得主办方找了他一圈，才在一个不起眼的角落里发现他。助理赶紧过来请人，前脚刚到，后脚就听到这个晚宴的重磅来宾不疾不徐地轻声说自己"不忙"。

助理擦了一脑袋急出来的汗，为难地开口喊了一声"柏先生"。

那头董西耳尖，听到了这声包含无数意思的"柏先生"，连忙道："你忙去吧，我差不多也要去机场了。"

柏松南抬手看了看腕间的手表，确实也到了董西要出发的时间，抓紧最后的机会对她说道："再检查一下证件有没有忘记带，我给你买的枕头拿了吗？你一上飞机睡得就不安稳，飞洛杉矶要那么久，带上那个你会睡得舒服些，还有别老是熬夜，工作什么时候都能做，你不要太拼。"

眼看着他有重新把刚刚三十分钟的内容浓缩再讲一遍的架势，董西赶紧打断道："行了，我挂了。"

"等等。"柏松南急忙道。

手臂举得有些酸痛，他将滚烫的手机换到另一边，低声道："西西，一路平安。"

这是每回董西出远门，他一定要说的话，这是一句祝福，更像一句祈祷，祈祷他好不容易得到的女孩儿能够顺顺利利，平安归来。

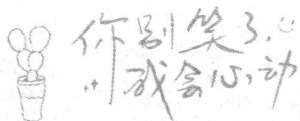

你别笑了，
我会心动

穿着白衬衣黑西装的高大男人站在角落里，头顶巨大的水晶灯为他打下一层投影，他拿着手机对着电话那头的情人低语，眉眼都笼罩着春水一般的柔情，嘴角含笑，眸泛浅光。

宴会上不少女孩子都看呆了。

是谁说的，陷在爱情里的人，自带一股迷人味道。

2

董西走进地下车库时，突然觉得有些不妙。

这种感觉已经不是第一次，她拖着行李箱往后扭头一看，依然是空无一人，只有停车场的白炽灯将墙壁照得苍白，像极了恐怖片的诡异场景。

董西皱了皱眉，怀疑自己最近是不是心理出了问题，但现在她家庭和谐，爱情圆满，工作一直都是忙碌的状态，按道理她没什么压力来源呀。

她按了按自己的脖子，心道这次出差回来得找一个心理医生看一看，然后拖着行李箱继续往前走。

但走了几步，她突然又停下来了。

不对劲，很不对劲。

人就是这么一种奇怪的生物，当危险来临时，你的大脑尚未察觉到这种威胁，身体就已经率先做出了反应，汗毛倒竖，脊背发凉，全身肌肉紧绷，像是做好了逃跑的准备。

背后一只拿着毛巾的手捂过来时，董西就已经提前闭了气，一点点刺鼻的味道进入她的鼻腔，她瞬间明白这是乙醚。

她闭气转身，和背后偷袭的那人拉开一丈远，然后再去看那人长什么模样，这一套动作干脆利落，一气呵成。

出乎她意料的是，来人很眼生，并且有一张极为年轻的脸，简直就是一个还未长大的男孩子。

董西左思右想也想不起自己何时结识了这么一位"英雄豪杰"，只得开口问道："你是谁？"

男孩儿没偷袭成功，此时一肚子火，听到董西的问题，恶狠狠道："你管我是谁？"

董西一想，确实也没有坏人一上来首先就给你报个家门的规矩，只得换了个问题。

"你是谁派来的？和我什么仇？"

男孩儿依然一句话："你管我？"

董西："……"

这场尬聊是进行不下去了。

两人不合时宜地沉默了一会儿，男孩儿感觉本应该是一场惊心动魄的深夜绑架即将要变成一场诙谐的清谈会，终于悬崖勒马地想起了自己的初衷和应该扮演的角色。

他把手中多余的白毛巾一扔，从背后扯出一根麻绳。

董西心道带的家伙还挺齐全，不过那麻绳才不过小指头粗细，怎么说呢，就是用来上吊，可能都会嫌它太细了挂不住。

董西觉得，这位少年，可能还是个新手，因为这绑人的业务，还不怎么熟练。

男孩儿拧着绳子朝董西一步步走来。董西后退，嘴上警告道："你不要过来。"

他见董西开始惧怕，终于找到了作为一个反派的存在感。他嘴角露出一个狞笑，但因为太过年轻，倒显得有些不伦不类。

董西步步后退，直到后背抵上坚硬的墙壁。

男孩儿得意地笑了。

下一秒，他就再也笑不出来，因为董西一拳打在了他的腹部。

如果是美缘看到了，估计会为她西姐喝一声彩。

在健身房里日复一日练出来的泰拳，并不是开玩笑，这一拳下去，男孩儿觉得自己痛得直不起腰来。

"你……"他捂着肚子说不出一句完整的话。

董西提着行李箱欲离开，轻飘飘说道："都让你别过来。"

就这样的弱鸡，她打八个都不成问题。

男孩儿躬着身子被董西气得面色发黑，手一挥，大声吼道："还躲着干吗，都给我出来！"

昏暗的停车场内，陆陆续续出现了十多个人影。

董西："……"

对不起，打扰了，我这就告辞。

她当机立断地把手中行李箱一放，搭扣被她摔坏，掉落了一地的行李，其中还包括她的几件内衣，她也不管，抱起自己的宝贝相机和长焦镜头就是一个百米冲刺。

身后的男孩儿来扯她的腿，被她一个旋风腿扫了过去，她没回头，只听见一声闷哼。

男孩儿带来的人七七八八挡住她的前路，企图来个瓮中捉鳖。

董西遇佛杀佛，或往人腋下一钻，或一个手肘撞人肩胛骨，灵巧得像田野里的泥鳅。

但他们人多势众，一个不小心，董西手中抱着的长焦镜头就滑落在地，清晰的一声脆响。

这把在场的人都震了一下。

董西扑过去察看。

很好，碎得很完美，完全没有挽救的可能。

她徐徐站起身，冷眼看着这群不知打哪儿来的地痞流氓，如果这是在动漫里，她背后一定会有一个熊熊火焰燃烧的特效。

"你们，找揍呢。"

她一字一句地说道。

而这些英勇的少年，不知道为什么，背后都起了一阵冷汗。

柏松南闯进医院时，左脚绊右脚地摔了一跤，赵敏敏看不过眼，和丈夫魏行止一人一边地扶起他，劝道："哥，你别急，学姐她……"

柏松南根本听不进去，嘴上只一直仓皇地念着"西西，西西"，急得双目赤红。

他其实有些腿软，全然靠着一身强撑出来的力气闯进急诊室，然后他就看见那个想象中应该血流满面、人事不知的董西安然坐在床上，还拿着手机在刷朋友圈。

她的注意力被门口弄出的动静吸引过来，正好看到急得满头大汗的柏松南。

而慢了一步的赵敏敏终于气喘吁吁地赶到柏松南身后，把那句要人命的话继续说完："学姐她一点事都没有啊。"

董西："……"

柏松南："……"

赵敏敏一拍脑门儿："哎哟，见着了是吧？你看啊，学姐就手受了点儿伤。"

　　董西闻言把手机放下，裹着纱布的左手有些不好意思地往枕头下藏了藏。

　　柏松南走过去，将董西拥进怀里，力道很大，像是要把她嵌进骨头里。

　　他一贯稳健的手，此刻发着抖。

　　董西拍了拍他的后背，十分不熟练地安慰道："好了，我这不是没事吗？"

　　她不明白自己明明都安然无恙了，柏松南却表现得比刚才还不镇定。

　　她永远都不知道，当柏松南接到医院打来的那通电话时，心头席卷而来的那一阵空前的恐惧。

　　电话里，他只听到"流血""受伤"几个字眼，然后耳朵就开始剧烈地鸣叫，眼前开始弥漫出一片血色。

　　他在这世上孤寡一人，一个亲人都没剩下，董西既是他的爱人，也是他在这个世界上最亲密的人，是他放在心上的一颗明珠，这颗明珠现在生死未卜，而他却远在千里之外的上海，连陪在她身边都不能。

　　他先是告知赵敏敏去替他看看情况，然后又订了最早的飞机飞回来，一路强撑着走进急诊室，直到现在看到安全的董西，他悬挂着的心才终于放下，精神高度紧绷的结果就是无穷无尽的后怕与疲累。

你别笑了，
我会心动

他将头埋在她的颈窝里，一句话也说不出来。

有人在身后咳了一声，董西拍拍柏松南的头示意他起来。

背后站着一个警察，公事公办地对董西说道："董小姐，我们需要你做个笔录。"

说完，警察还瞄了董西好几眼，因为他从警十几年，也是头一次看到受害者把施害者打得进医院的。要不是他们警方出警速度快，他怀疑那些个男孩子还会伤得更重些。

"好的，警官。"董西配合地说道。

柏松南放开董西，皱眉问警察："你好，请问绑人的呢？"

站在一边的赵敏敏和魏行止还来不及制止，热心的警察就往隔壁一指："喏，那儿呢，还昏睡着呢，被你女朋友打得没眼看。不是我说，你女朋友下手还挺狠的哈，我第一次见……"

他的话还没说完，就看见这个西装革履的男人大力拉开急诊室遮挡的帘子，端起不知哪儿来的一盆水，往隔壁床上躺着的鼻青脸肿的男孩儿身上就是一泼。

警察："……"

原来真是不是一家人，不进一屋门。

女的狠，男的更狠！

警察惊呆了。

病床上的男孩儿被这一盆冷水冻醒来，睁眼看见暴怒中的男人，竟然笑了。

柏松南一把揪起男孩儿的衣领，男孩儿就像一只孱弱的小鸡崽，被他毫不费力地拎了起来。

柏松南骂了一句极其难听的脏话，大声吼道："你居然动她！陈棋，你居然给我动她！"说着就捏紧拳头要往这个叫"陈棋"的男孩儿脸上揍。

赵敏敏最先反应过来，冲上去想要把柏松南拉开，却被盛怒中的柏松南推倒在地。

魏行止赶紧去看赵敏敏有没有事，顾不上去拉柏松南。

好在董西和警察反应了过来，都去拉他。

"柏松南！你给我住手！"

赵敏敏也大喊："哥！你别打他！打了也不管用！"

两个女人的惊呼响在耳侧，柏松南的拳头再也砸不下去。

"孬种！"

陈棋的衣领还被柏松南攥着，他的脸上青青紫紫一大片，冷哼着说出这句话时，其实有些滑稽。

柏松南却没被他这句侮辱性的话语激怒，只赤红着双眼对他道："陈棋，你要还是个男人，有什么就冲我来！"

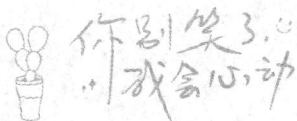

陈棋听到柏松南这句话，像听到了什么好笑的笑话，笑出了眼泪。

陈棋一指自己："冲你来？你是不是把我当傻子？我可是好不容易找到你的弱点，之前不是怎么搞你你都不上火？啊？柏大善人，南哥，原来你也会生气的啊？哈哈哈哈哈哈哈哈！"

他笑得像个疯子："我偏不搞你，我就要搞她，你再把我送进少管所嘛，哈哈哈哈哈，这次会关我几年？三年？五年？还是十年？"

"关就关呗，"他得意扬扬道，"只要你不搞死我，只要我出来了，我就找你女人，哈哈哈，你怕不怕？轮奸怎样？还是泼硫酸？或者像上次一样，给她心脏也来一刀？"

柏松南阴沉着脸，手攥成拳，在场的人毫不怀疑，下一秒，他的拳头就会落在陈棋的脸上。

董西半抱住柏松南的腰，防止他暴起伤人，然后扭头喊道："医生！"

门口看了好一会儿热闹的医生应了一声。

董西言简意赅道："麻烦把这位病友拖出去拍个片儿，我怀疑他脑子有问题。"

一干医生护士才七手八脚地把陈棋给推了出去。

做笔录一事经过董西和警察的商议，改了个时间，赵敏敏和魏行止也被董西打发走了，董西牵着柏松南到了医院楼下的花园里。

　　她带着柏松南在花园长椅上坐下，柏松南的手依然在发着抖，他低着头，让人看不清他脸上的表情。

　　董西抬起他的下巴，端详了好一会儿。

　　然后，她握紧他颤抖的双手，对他说："好了，柏松南，告诉我是怎么一回事。"

　　柏松南低着头没说话，董西见他脸色实在不好，便放开了他的手，打算去买一杯热饮，然而柏松南却误会她因为他的缄默而生气离开。

　　"别……别走，我说。"

　　他慌乱地去牵董西的手，董西立刻回握住他。

　　可等到董西真正坐下来看着他，等他把今晚所有的事情解释清楚时，他又不知从何说起了。

　　这件事，是埋在他心底的一桩秘密，没对任何人讲起过，连赵敏敏也只知道陈棋恨他入骨，却不知道背后的原因。

　　因为他们之间，有着杀父之仇。

　　说来其实有些可笑和荒唐，这样的事情好像是只会发生在武侠小说里的恶俗桥段，但事实是真的发生在了他身上。

　　3

　　一段故事总是有始有末，有缘起，也有结局。

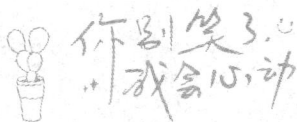

你别笑了，
我会心动

要将这一段往事对董西娓娓道来时，不知为何，柏松南首先想起的，不是他和陈棋那些血雨腥风的纠缠，而是一段称得上有些温情的回忆。

"我跟你说过，他是邻居家的小孩儿，那时候我家在龙阳水产市场卖鱼，前面卖鱼，卷帘门一拉，就是我和我爸住的地方。"

董西静静听他说着，能够想象出来他以前的家是怎样一副模样。

"陈棋家就在水产市场后面，和我家就隔着一条街，他家里是开茶馆的，生意还不错，勉强算个小康。"

柏松南曾经有一次去过陈棋的家，那是与他家那个潮湿破败的屋子全然不同的光景。没有常年飘荡着的鱼腥味，电视机上覆着蕾丝遮尘罩，床头柜上插着带新鲜露水的栀子花，无一不透露出温馨，以及一种认真过日子的态度。陈棋的母亲是个很会持家的勤劳女人，算账很有一手，做饭也很好吃，柏松南的房间里经常飘来他家的饭菜香。

那曾是柏松南少年时期最大的"折磨"之一，却也让当时的他心生向往与羡慕。

柏松南的母亲已经过世很久，是被高利贷上门催债时吓得心脏病突发去世的。家里没了个女人，他和他父亲两个大老爷们儿，生活就不是在过日子了，只能说是勉强活着而已。

按理说他和陈棋应该是两个毫无交集的人，家庭环境就相差十万八千里，还有着十岁的年龄差。

"他当时就是个七八岁的小孩儿，又矮又瘦，还不到我胸口，偏偏不知道犯什么病，特喜欢黏着我。"

七八岁的小男孩儿，因为长得瘦小常被熊孩子欺负，不像柏松南长得高大又威猛，不笑的时候眉眼阴沉，俨然一个活阎王，还有着传说中世代家传的绝世刀法，路过巷子时，能把欺负陈棋的那一群人吓得作鸟兽散。

幼年的陈棋眼眶包着热泪，自作多情地把柏松南当成了自己的救命恩人。从此他便成了柏松南最为忠诚的小弟，甩也甩不开的跟屁虫，一年到头跟在柏松南身后。

柏松南在他眼里，就是《蜡笔小新》里的动感超人，就是拳打怪兽的迪迦奥特曼，光辉而伟大。

柏松南不明白小小男孩儿的执念，在威逼利诱也没能将他甩开之后，只得认命地接受现实，被迫接受了这位年龄最小的小弟。

柏松南去网吧打游戏，陈棋就替他跑腿买水泡方便面，机子没钱了，陈棋就赶紧迈着小短腿去前台交钱。

"那后来呢？发生了什么事情？"董西问道。

"后来……"

柏松南抬起头望向低垂的夜空，月朗星稀，和十年前的那个冬夜

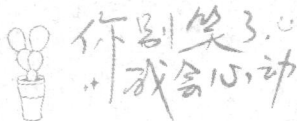

一模一样。

他的父亲柏光耀裹挟着一身的冷意大力推开他的房门，肩头眉梢还落了些许雪花，被屋子里的热气融化，凝成水珠顺着脸庞滑下，有些狼狈。

柏光耀却无暇顾及这些，他的神色十分焦急和慌张，像只热锅上的蚂蚁，语无伦次地对柏松南说："儿子！快收拾东西！我们快走！"

柏松南被他吓了一跳，摸不着头脑："爸，怎么了？怎么突然要走？"

他还记得，当时的柏光耀像是突然被人掐住了喉咙似的，瞪着眼说不出话来。

直到柏松南再次问道："发生了什么事？"

柏光耀才终于反应过来似的，简短地解释道："催债的来了，我们要赶紧跑路。"

柏松南当时并未多想，从小为了躲债而四处漂泊的日子他早就过惯了，从他搬来龙阳县的第一天，他就明白自己不会在这里停留多久，只是没想到这一天来得这么快。

柏光耀的催促声还在耳边绵绵不绝，而柏松南脑子里来来去去只有一个念头。

他想，我还没来得及向董西告白呢。

床头还放着他为董西买的一小块草莓奶油蛋糕，他见董西吃过，她纤细的手指执着塑料小勺，挖一小块，秀气地放进嘴里，然后眼睛舒服地眯起来，看上去十分享受和餍足。

柏松南就为了她这个表情，跑了龙阳县数十家甜品店，才买到这块草莓蛋糕。

正忙着收拾行李的柏光耀见儿子还傻站着不动，大声喝道："快点，发什么愣！"

柏松南回过神来，脸上带了祈求神色："爸，能不能等一下再走？给我一个小时……不，三十分钟就可以。"

柏光耀想都没想地拒绝："半秒都不行，赶紧给我收拾东西！"

柏松南就这么赶鸭子上架般地被他父亲逼上了车，当时的他心绪混乱，如果他认真去看的话，就能发现，柏光耀眼底的惧怕和慌乱。

那早已超过了被高利贷堵门的严重性，一路上柏光耀精神高度紧张，东张西望，神经兮兮。

有四个字正好能形容他当时的状态，那便是做贼心虚。

那时的柏松南做梦也想不到，他这个好赌成性的父亲，在那个寒风凛冽的晚上，手上沾了再也洗不掉的鲜血。

鲜血的主人正是陈棋的父亲，那是一个忠厚老实的男人，天生好脾气，逢人就一张笑脸，热心爱帮助人。柏光耀旧习难改，找他借钱，

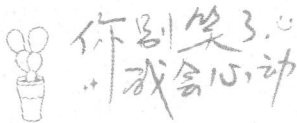

理由是儿子要念书，他二话不说就拿出五千块。

这五千块被柏光耀拿去打牌，一个晚上就输了个一干二净，薅羊毛要逮着一只羊薅，后来柏光耀又陆陆续续找陈父借了不少钱，累计起来有个小两万。两万块钱对于一个小县城的人家来说不是一笔小钱，正逢陈棋家里装修，正是急需用钱的时候，陈父便去催柏光耀还钱。

柏光耀人生宗旨就是我凭本事借来的钱，为什么要还给你。两人争执拉扯之间，一个不小心，陈父被柏光耀推到了地上，头还好巧不巧磕到了路边一块棱角锋利的石头，鲜血刹那间就汩汩地冒了出来，染红了路面。

柏光耀是个酒囊饭袋，平时也就是赌赌钱，哪里见过这种大场面，当时险些就吓得尿了裤子，第一反应是转身就跑，跑出几米远时，似乎听见陈父在叫他。

他鬼使神差地回头，看见倒在地上的男人脸色涨得青紫，眼睛瞪得铜铃般大，眼珠子都像要掉出来似的，陈父大口大口地喘着气，还向他这边伸着手，宛如地狱里的一个恶鬼。

柏光耀吓得头也不回地跑掉。

世事难料，如果当时的柏光耀选择了回头，就会知道陈父脑后被磕出来的洞只是小伤，真正让陈父致命的，是娘胎里就带来的哮喘，而能救他命的药，就放在他胸前的口袋里。

只是他没能掏出来，因为向柏光耀求救呼喊的那个动作，已经耗

光了他仅剩不多的力气。

那个夜晚冷得出奇，等候了许久的雪花终于洋洋洒洒自夜幕中坠下，柏松南坐在副驾驶上，手中拿着一块草莓蛋糕。车子路过龙池中学，他像是大梦初醒，突然大声对他父亲说："停车！"

柏光耀下意识地踩了刹车，惯性将两人带得前倾，他还没来得及问儿子突然要停车干吗，柏松南就已经打开车门跳了下去。

柏松南在夜色中开始奔跑起来，柏光耀看着他灵巧地翻过龙池中学的铁门，几个眨眼间，人就已经消失不见。

他不由得低声叱骂道："小兔崽子。"

深夜的龙池中学连门卫都下了班，没人能看见那个在月光下奔跑的少年。月光温柔地洒在他身上，像为他披上了一层银辉，眼中的热泪还来不及滑落，就被寒风无情地卷进了风雪里，咸湿的泪水和着雪花一起坠落，消失于无形。

他熟门熟路地跑到高三教学楼，推开一班一扇坏了的窗户，撑手跳进教室，径直找到了董西的座位，将怀中那块护着的草莓蛋糕放进了她的桌肚。

蛋糕被他护得很好，一点都没被损坏，冬日极低的气温就是天然的冷藏柜，他不用担心蛋糕会变质。

你别笑了，
我会心动

他抚摸了一下董西的桌子，仿若可以看见白天的董西就伏在这张桌上认真学习的模样。

"我喜欢你，董西。"

他微微沙哑的声音在寂静无人的教室里悄然响起。

第二天，人们发现，龙阳水产市场里少了一家鱼肆，那个长得俊杀鱼也利落的少年也失踪了，不过这不是什么新闻，因为人们的注意力，被另一桩大事所吸引。

那便是那个老实巴交的茶馆老板，被人谋杀了，尸体就躺在马路边，被下了一夜的积雪所掩盖，挖出来时脸色青白，覆着一层冰雪，身子都僵硬了。

并且最最离奇的是——他死不瞑目。

4

故事说到这里，柏松南已经平静下来，宛若一团死水，他的脸上有着浓得化不开的悲伤。

董西开始后悔把他强行拉到那段难堪的过往里，她把他抱入怀中，低声哄劝道："不说了。"

柏松南却不肯停下来，继续说道："我和我爸，在外面躲了五六年，直到他死前，他才把这件事告诉了我。"

那五六年，现在想起来，简直是过街老鼠般的日子。

柏光耀精神开始变得不太正常，双手沾血的负疚感把他逼得整晚整晚睡不着觉，一方面他害怕陈父化作厉鬼来朝他索命，另一方面，他又害怕警察会顺藤摸瓜查到他，自己的余生会在监狱里度过。

他怀揣着这个巨大的秘密，连亲生儿子也不敢告诉。每天门也不敢出，躲在阴暗潮湿的廉价出租房里，等着柏松南为他送一日三餐，稍大点的动静都会把他吓得够呛，人不人鬼不鬼的，像一截即将腐朽的木头。

柏松南也被他逼得崩溃，他不许柏松南去正规厂子上班，因为害怕会用到身份证，露出蛛丝马迹。柏松南在他的胁迫下只能打些黑工，洗碗端盘子、洗车修车，所有不体面的活儿，没有柏松南没做过的，最最舒服的工作，也不过是在酒吧当了三个月的驻唱。

这样的日子终于截止于柏光耀因癫痫发作而死亡的那一天，他是个何其自私的父亲，瞒了几年的秘密，何不干脆一起埋进黄土里。他偏偏一股脑儿全告诉了柏松南，连同他曾经经历过的愧疚、恐慌、负罪感一起压在了柏松南的脊梁上，压得柏松南再也直不起腰来。

柏松南花了一个月的时间来接受现实，然后他做了一个决定——他要补偿。

躲躲藏藏这么久，其实他完全可以继续昧着良心生活，只是作为男人的担当与责任心，让他无法做到这么苟且和卑鄙。

他再次回到了龙阳县，带着他这么多年攒下的积蓄，妄图去弥补他父亲欠下的债。

茶馆依然在那里，只不过失去了家中的顶梁柱，人们又多多少少有些避讳，毕竟老板的死状实在太过不祥，因此茶馆不复当年的兴隆，门庭冷落，茶馆老板娘和陈棋孤儿寡母，没有进项，过得很是潦倒。

柏松南进门不过片刻，就被赶了出来，带去的钱与礼品倒是被留在了里面，自己带出来的，只有一耳朵的哭号咒骂，以及女人指甲掐出来的满身伤痕。

临走前，十四岁的陈棋盯着他，那眼神中包含着不符合年龄的恨意，让他胆寒。

这之后，没了柏光耀的限制，柏松南浑身的本事才开始施展。不得不说，有些人生来就是领导者，柏松南有着一种奇异的人格魅力，总让周边的人情不自禁地信服他，就算他学历不高，但那几年他的生意依然做得风生水起，而他赚的钱，大半进了陈家母子的口袋。

不过他的安生日子没过多久，因为陈棋开始不断闯祸。

陈棋成功地长成了一个标准的小流氓，打架滋事，无恶不作。柏松南焦头烂额地替他收拾烂摊子，他不仅没有丝毫感谢，还来搅黄柏松南的生意。

没办法，谁叫他欠他的呢？

而一个坏人，又凭什么活得幸福？

陈棋屡次作乱，柏松南也不跟他计较，江山、童华顺和赵敏敏都急得团团转，劝柏松南不能继续这样了，否则这个臭小子要犯下大事。

旁观者总是看得特别分明，在一年前的夏天，陈棋总算犯了一件大事——他拿着刀冲进了柏松南开的火锅店。

十六七岁的少年，其实也没有胆子杀人，陈棋只是中二症发作，拿了刀子来吓吓柏松南。柏松南何等人物，自然吓不倒，倒是吓到了店里一位来吃火锅的孕妇。那位孕妇被陈棋吓得面如白纸，陈棋还觉得津津有味，凑近了去耍个刀花给她欣赏，他手法不太熟练，锋利的刀子险些从他手里掉下来，差点儿就垂直插入那位孕妇高高挺起的肚子里。

一众员工都吓得愣在原地，是柏松南上前去抢陈棋的刀，争夺之间，柏松南的手心被刀刃划得鲜血直流，连眉头都没皱一下。直到最后，刀子冲柏松南心脏而来，惊愕之余，柏松南又看到了那双含着燎燎恨意的双眼。

那一刻，柏松南竟然摸不准，陈棋究竟是真的想要扎进他的心脏，还是只是吓吓他。

但不管陈棋的初衷如何，那把刀终究没能插进柏松南的心脏，偏了些弧度，在他胸上划了一道口子。

"这道伤，原来是这么来的。"董西轻抚着他胸口。

柏松南没有作声。

董西开始觉得有些不对劲，因为她抱着柏松南，他的手却一直没有回抱她，这放在之前，是根本不可能的事。多少次她靠近柏松南的怀里，他都是立刻用双手环绕住她，双臂紧得像一副镣铐。

她松开柏松南，抬头去看他的表情。

柏松南看着她，瞳孔漆黑，神色悲戚。

董西的心突然毫无章法地狂跳起来，她有一种十分不好的预感。

"柏松南，你要做什么？"

他和董西拉开点儿距离，犹豫了片刻，还是颤抖着双唇说道："董西，我们……"

"不要说！"

"分手吧。"

他终于决绝地说出了这句话。

董西觉得自己简直无法理解："为什么？你怕陈棋报复我？你小看我？这次我不是把他打得连他妈都不认识？"

"不……不是……"柏松南不知道怎么跟董西说清楚，毕竟董西不是他，难以理解他看到那双充满恨意的眼睛时所体验到的震撼。没

有人比他更懂仇恨有着多么大的驱动力量，陈棋在急诊室里说的每一句话，都不是在作假，毕竟陈棋最懂得，如何让他生不如死。

那些话，柏松南光是想想，脊椎骨都沁着一股冷意。

刀尖划过胸口的疼痛好像还刻在他的脑海里，如果那痛要让董西来承受，他觉得自己离疯掉也就不远了。

最好的办法，就是将董西变作与他毫不相关的陌生人。

董西看出他脸上的坚决，问道："柏松南，你是认真的？你不后悔？"

柏松南回避她的眼神，起身欲走。

"你要是就这么在我眼前走掉，柏松南，我保证，"董西冷着脸决然道，"我们再没有可能了。"

男人高大宽阔的背影在不甚明朗的夜色中似乎摇晃了一下，然后在董西的默数声中，他头也不回地离开了。

董西说不清自己心里正在迅速流失掉什么，只觉得心脏像一座小沙丘，塌了一大块。

晶莹的泪珠断了线似的往下掉，这一刻，她才终于明白，自己有多爱柏松南。

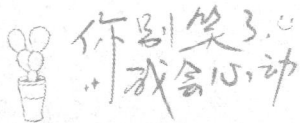

Chapter 08 ♥

苦尽甘来，你就是我的理想

♥

1

Z市第一人民医院。

男人双手交错，坐在一张椅子上，沉默地看着病床上睡得正熟的男孩儿。

男孩儿还很年轻，尽管脸上青紫惨不忍睹，但交叠在被子上的一双手却白皙干净，一看就是一双十指不沾阳春水的手。

十几分钟过去后，男孩儿的眼皮动了动，随之睁开了眼。

床边男人的面容在逆光之中有些瞧不清楚，男孩儿眯着眼辨认了好一会儿，才认出来。

"柏松南？"

柏松南没出声，过了好一会儿才从喉咙里挤出一个低低的"嗯"来。

陈棋感到奇怪："你来做什么？哇，你不会是来打我的吧？我告诉你，我这里可是有警察叔叔守着的。"

他夸张地叫起来，扭曲的五官配上他那张青紫的脸，有种说不出的滑稽。

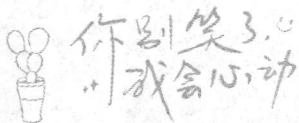

柏松南没理会他，静静地看了他半晌。

陈棋突然觉得不妙起来，他敏感地意识到，柏松南的眼睛里，少了从前对他的那种愧疚和惧怕感。他曾经凭着柏松南的这份愧疚，做了多少挑战柏松南底线的事，柏松南从来都不生气，连表情都不会变一下，但现在，那份愧疚消失了。

柏松南黑漆漆的眼睛盯着他，像是要透过他的皮肉，看到他内里那个色厉内荏的灵魂。

这让他有些慌张。

但很快他就想到做错的是他柏松南，罪人是他柏松南，他凭什么用这种眼神来看受害者。

"看什么看！"陈棋恶狠狠地瞪着柏松南。

柏松南收回眼神，不知从哪里抽出一把刀来，那把刀有手臂那么长，和陈棋当初玩的匕首一比，那简直就是小儿科。

柏松南拿着那把刀，右手手指在刀身轻轻抚过，神情温柔得像是在抚摸自己的情人。

这场景诡异得让人毛骨悚然，陈棋的牙关控制不住地打战："你……你干什么？你要杀我？"

柏松南的手指轻轻地在刀刃上划了一下，脆弱的表皮很快被锋利的刀刃划破，鲜红的血液一滴一滴地掉落在洁白的被子上，宛如雪后

红梅初绽。

"很锋利。"柏松南低声下了结论。

陈棋想大声呼救，却突然发现自己的嗓子像塞了棉絮一样，他吓得话都说不出来了。

柏松南拿着刀缓缓向陈棋靠近，陈棋被他逼得逐渐后退，直到后背抵上了墙壁。

就在他以为自己必死无疑的时候，柏松南却出乎意料地将刀柄的方向转向他，随后这把刀就被柏松南强行塞到了他的手里。

"动手吧。"

陈棋双眼张大，惊愕地看着柏松南。

柏松南还有闲情逸致露出一个笑来。

"我受够了收拾你的烂摊子。"柏松南说道。

陈棋的害怕被柏松南这一句话给戳破，受够了？什么叫受够了？他一个罪孽深重的人，有资格说这种话？

一时之间，陈棋牙不打战了，身体也不发抖了，只想指着柏松南的鼻子痛骂："你……"

"我欠你一条命，"柏松南打断陈棋，"准确地说，是我爸欠你一条命。"他讥诮地笑了笑，"不过他坟头草都一人高了，你也没法找他算账。

"父债子偿，算我倒霉，我也认了。"

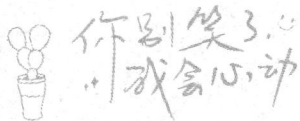

　　柏松南修长的手覆在陈棋握着刀把的手上，掌心密密麻麻的厚茧擦到了陈棋的手背，让陈棋有些心惊肉跳。

　　从他几年前见到柏松南的那一刻起，柏松南在他面前一直都是成功人士的样子，给钱毫不吝啬。原来柏松南的手心，也是会生茧子的吗？

　　柏松南将他拿着刀的手向前拉了一下，这个动作让他回过神来。

　　"你要做什么？"

　　"不是我做，是你做。"柏松南笑道，"我不是欠你的吗？我家人死绝，女朋友也跟我分了，除了有几个钱，没什么东西，你也不要钱。"

　　柏松南抬起头，盯着陈棋的眼睛，扯出一个笑，笑意却不达眼底："想来想去，我也就一条命，你要？就拿去。"

　　柏松南脸上的表情十分无所谓，陈棋无比了解，这是豁出去了。

　　陈棋也有过这样的时候，在这个世界上，多凶恶的犯人都没有这种豁出去的人可怕，他们不怕死不怕牢狱，脑子里只有一个想法，我拿这条命来和你拼。

　　而现在，柏松南是不想要他自己的命了。

　　陈棋突然觉得自己似乎从未看清过柏松南，他开始像一个真正的孩子，前所未有地慌张起来。

　　柏松南却开始握着他的手往前推，刀尖慢慢地离柏松南的胸膛只差几厘米，之后逐渐缩短到几毫米，最后，刀尖抵上了柏松南柔软的胸膛。

陈棋的脑门上已经冒出一层虚汗，他执刀的手开始往后缩，然而柏松南的力气却超出他千百倍。

两人僵持着，陈棋已经快要坚持不住。

"你疯了？"

"可能吧。"柏松南道。

他甚至还露出一个笑来，左侧虎牙闪着光，让他看上去就像一个顽劣的大男孩。

"哧"一声，刀尖刺入肉里。

柏松南的额角因为疼痛抽搐了一下，他身上的白衬衫被血沾染，逐渐晕染出一片血红。

陈棋的双眼被这片鲜红给刺痛，眼泪掉下来，语无伦次地喊道："南……南哥，你……"

暌违多年，这个当初跟在柏松南屁股后面的矮萝卜丁儿，在巨大的恐慌之下，不再叫讽刺的"柏大善人"和划清界限的"柏松南"，重新叫了他"南哥"。

不断向前推的刀刃终于停了下来，柏松南冷笑了一声，把刀从胸前皮肉里拔了出来。

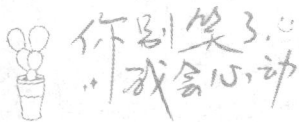

你别笑了。
我会心动

"你的胆子，也不过如此。"

陈棋还愣愣着，做不出反应。

"陈棋，我今天给了你报仇的机会，你不敢，从此我们的恩怨两清了。"

陈棋下意识地道："凭什么？"

"凭做错的人不是我。"

柏松南又何其无辜呢？说起来，他不过是一个被自己懦弱父亲所欺骗的可怜虫，十年前那个风雪夜发生的命案，他什么也不知道，那时让他牵肠挂肚的，只有他放在心尖上的姑娘。

推人的不是他，见死不救的人也不是他，他仅仅只是跟罪魁祸首有着血脉上的羁绊而已。因为这点羁绊，他把自己束缚在愧疚里这么多年，把自己的日子过得一塌糊涂，好不容易再次遇到自己心爱的人，想认真过日子了，结果陈棋噩梦般地再次找到他，让他不得不把爱到骨子里的人从自己身边推离。

他也想问一句，凭什么呢？

"是你爸爸杀死我爸爸的。"

陈棋鼻涕眼泪糊了满脸，愤怒不已地指责。

柏松南道："那你去找他。"

陈棋："你！"

"见到他了正好替我转告他一声，做他儿子我真是倒了八辈子霉，下辈子还是换我来当爹吧。"

陈棋被他气得无法反驳，最后只能威胁道："我不找他，我找你女人，我要划花她的脸，我要……"

"陈棋。"柏松南古怪地笑了一下。

陈棋被他笑得浑身不是滋味，问道："你笑什么？我告诉你，我……"

"你满十八岁了吧？"

"满了又怎样？你扯这些干什么？"

柏松南道："不怎么样，只是满了十八岁就有很多变化了，就比如……"

柏松南笑了一下，继续道："比如，你不再受《未成年人保护法》保护了，你所有的伤害他人的行为，都会被追究刑事责任。"

柏松南热心地为陈棋科普："懂什么是刑事责任吗？意思是你会进监狱，会被判刑。相信我，监狱和少管所，可是两个完全不一样的地方。"

陈棋心中一阵惧怕，但还是强撑道："你胡说！我明明就没伤到那个女人！"

甚至是那个女人打了他！

不过这话说出来多多少少有些伤到他作为男人的面子，因此他没

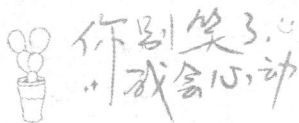

说出来。

柏松南淡淡道："蓄意绑架也是绑架，也要被判刑，如果我们请的律师厉害的话，你说不定还要蹲个五年八年的。"

陈棋慌张："你在吓我！我知道！柏松南！我没绑架，而且……而且，是你女人打我的！对！是她打伤的我！要坐牢也是她坐！"

柏松南悲悯地看着他："她属于自卫伤人，是受法律保护的。"又摇了摇头，语重心长道，"你以后啊，还是多读点儿书吧。"

说完，柏松南施施然站起身，看也不看病床上被吓得满面惶然的男孩儿一眼，步履稳健地走出了病房。

柏松南胸前的衣襟被染红了一大片，过往的人都纷纷打量他，他全然不顾。只是等他走出病房很远时，他才终于支撑不住，颓然倒下。

他身躯高大，倒下时，像一座高山崩塌。

过往医护人员经过，见到此幕，赶紧过来急救。

他的意识还未完全涣散，有护士在他耳边焦急呼喊："先生！先生！"

他薄薄的嘴唇动了动，护士没听清。

"先生，您说什么？"

她将耳朵凑到他嘴边，才终于听清他在说什么。

"西西。"

是一个人名，年轻的护士心想，这应该是一个对这个男人来说，很珍惜的人。

2

一场秋雨一场凉，Z市的夏季本来余威犹在，一场淅淅沥沥的秋雨一浇，将大地上仅存的一丝热意给驱散，Z市顺利进入了一年四季中最凉爽的秋季。

雨后初歇，柏松南撑着一把黑色长柄伞，望着树叶尖端一滴要坠不坠的水珠发呆。

他身上穿了一件黑色风衣，因住了半个月的院，身体消瘦了很多，风衣空空荡荡的，背后肩胛骨都若隐若现。

再配上他这一副生死看淡的空洞表情，简直可以直接出家，从此常伴青灯古佛了。

赵敏敏看不过去，问道："哥，你看什么呢？"

柏松南收回目光："没看什么。"

他的神情恹恹的，不像从前精神奕奕的样子。

赵敏敏觉得心里有种说不出的难过，数落道："我就没见过你这么蠢的人，拿着刀子朝自己心脏比画，怎么着？你是嫌活得太久了是吗？想给自己的生活找点儿刺激？"

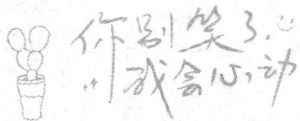

柏松南苦笑道："可别，我的生活已经够刺激了。"

赵敏敏叹了一口气："哥，你以后别再做这样的事情了。你这次离当场去世，也就差了那么一点了。大家命只有一条，死了就不可能存档重来的啊，你要是死了，那董西学……"

意识到自己说了不该说的，赵敏敏赶紧捂住了嘴。

但"董西"两个字，还是清晰地传入了他的耳朵。

胸前的伤可能还是没有治愈，因为他感到心脏凉丝丝的痛楚。

赵敏敏认真察看他的神色，见他并没有什么表情，松了一口气，又忍不住问："哥，你和学姐，是真的没可能了吗？"

正好魏行止将车从停车场开出来，停在他们面前。柏松南走到后座打开车门坐进去，对驾驶座上的男人说道："你老婆是不是又怀孕了？话真多。"

后一步上车的赵敏敏正好听到这句话，扭身对他比了个中指。

"我谢谢你哦。"

陈棋蓄意绑架的罪行最终没有受到法律的追究，本来是可以追究他的刑事责任，检察院的人问到受害人董西那里去时，她正忙着自己工作室的事情，闻言只淡淡说了句"去找柏松南"。

柏松南知道之后，沉默了良久，最终还是没把这个孩子送进监狱。

陈棋那些天在拘留所受了不少罪，无知的他第一次触碰到法律的

客观与严苛，才后知后觉地意识到以前柏松南究竟给过他多少庇护。

不过现在的柏松南已经不再管他，甚至还断了对他们一直以来的经济支援。陈母知道后，又哭又闹，后来咨询了才晓得，柏松南给钱是情谊，并不是本分。

这下她不闹了。

陈母留着一头刚烫出来的小卷，踩着高跟鞋，亲自押着陈棋来给柏松南道歉。

柏松南说道歉就不必了，只要签署一份文件。

那份文件上写着他给予陈家母子一百万，条件是他们再也不许出现在他面前，也不许伤害他的朋友。

陈棋像一只提线木偶，垂头丧气着，不说话。陈母看着那一长串的零，在律师的见证下，最终咬牙签下了那份保证书。

风波到此告一段落。

陈家母子走后，律师也客气地告辞，柏松南坐进车里，打算开车回家。

只是过了许久，他也没发动汽车。

他习惯性地想去裤兜摸烟盒，里面空空如也，他才记起来，为了董西，他已经戒烟许久。

眼泪一滴滴砸下来，落在烟灰色长裤上，泅湿了一小片。

很快，他的喉咙里传来一声压抑的哭腔，接着，嘶哑破碎的哭声

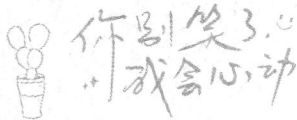

爆发了出来。

"啪"的一声，他发狠地砸了一下方向盘。

日子还是无波无澜地过了起来，可可西里奶茶店的生意依旧红火，只是客人们再也看不到那个帅气的店长。员工说，店长最近身体不太好，因此转战幕后研发新品去了，目的多少有些不单纯的女客人们顿时惋惜不已，但她们情绪去得也快，又开始叽叽喳喳地讨论起会做甜品的帅气店长究竟是什么宝藏男人。

值得一提的是，在南京路上的这家可可西里奶茶店对面，也新开了一家奶茶店。

现在年轻人作为消费的主力群体，奶茶文化日益崛起，新开一家奶茶店原本没有什么，只是这家奶茶店的名字起得十分取巧，就叫"COCO 西里"。

如果说名字和可可西里相近的话还多少有些暧昧，但这家奶茶店的装修风格、宣传标语以及 Logo 都和可可西里一个模子里印出来的，这就不免让人有些怀疑。

赵敏敏对版权的问题最为敏感，平时最受不了这种鸡鸣狗盗的行为，天天在柏松南耳边喋喋不休道："告！一定要告他们！"

柏松南却平和得好像人家抄袭的不是他自己的店一样，管也不管，每天只顾着在厨房做甜品。

赵敏敏气不打一处来："哥！你听没听到？他们这是在侵权！是很严重的问题！"

柏松南只顾着给手下的蛋糕点缀奶油。

赵敏敏大声喊道："哥！"

"听到了。"他不耐烦地应道。

"然后呢？"

"侵就侵呗。"

赵敏敏："……"

她还想说话，却被魏行止搂腰带走了。

"你让他一个人待着。"他小声道。

赵敏敏回头看着那个依然在认真做甜品的高大男人，不禁长长地叹了口气。

即将入冬的时候，柏松南迎来了他三十岁的生日。

他这三十年的岁月称得上是精彩纷呈，潦倒过，富贵过，求而不得过，也梦想成真过。

但是，最后他要的也始终没有得到。

董西宛若一颗星星，偶然坠入他的怀中，在他身边短暂停留了一阵，很快又重归星空。

原来，西和南永远无相遇的可能。

这突然的顿悟让他陷入了抑郁的泥淖里，连自己三十岁的生日也想潦草度过，奈何他有个好管闲事的妹妹。

赵敏敏对柏松南近来的颓废消沉早有意见，而她坚信没有什么糟糕的情绪是一场派对不能解决的，因此在柏松南生日前的一个礼拜她就开始折腾。

到了生日那天晚上，柏松南照例在可可西里奶茶店做甜品到很晚。赵敏敏知道他家密码，一早就广邀各路朋友来参加柏大佬的生日宴，一大帮男男女女齐聚他家，手里拿着礼花筒和气球，藏在柜子里、沙发后，各种能藏的地方都藏了人，试图给他们南哥来一场旷世惊喜生日趴。

时针指向九点的时候，柏松南打开门回了家，他刚把门关上，就察觉到了空气中有一种微妙的不对劲。

就在各路人马都预备着冲出去大喊"Surprise"的时候，变故发生了。

门铃被按响了。

这一群人默契地交换了一个眼神，临时决定先观望一下情况。

柏松南忽略心头的不适，打开了门，下一秒，他愣在了原地。

门外站着的，是董西。

3

今晚的月亮特别好，又圆又亮，天气渐冷之后，就难得再见到这样完整的月亮。它总是遮掩在厚重的云层里，今晚却来了个隆重亮相。

柏松南的家是一幢独栋小别墅，门口灯坏了，一直没想起来去修，但月光将四周照得通透，董西身上穿的是藏蓝色针织长裙，柏松南还记得，是他们十年后初见时的那条，勾勒出了她的完美身形。她头上还戴着一顶皮质贝雷帽，波浪般的长卷发披散下来，她甚至还罕见地涂了深色口红，在这清朗的夜色里，她迷人得像一只蛊惑人心的海妖。

而这只海妖手里，捧着一大束红艳的玫瑰花。

柏松南觉得此刻他脸上的表情一定很滑稽，因为他好像失去了对自己身体的控制权，他从人看到花，视线又从花转移到董西的脸上，震惊得不知该摆什么表情。

"西西，你……你……"

"我来求复合。"

董西干净利落地说完，然后又好像觉得自己丢人了一样，把头往旁边一偏，拒绝去看柏松南的眼神。

丢人！真的是丢人丢到姥姥家！

龙池当年的高冷女神什么时候做出过这样的事呢？当年有人向她告白，她从来都是不理睬不给机会，从头到脚都在说"你走开你离我

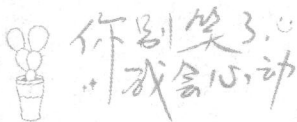

远点儿你不要打扰我学习"，一身正气，坐怀不乱。

后来即使谈恋爱了，吵架冷战也从来都是傅从理率先低头，她自己就是"爱过就过，不过就拉倒"的超脱态度，甚至后来傅从理出轨，找前女友复合，她也是冷眼看着，连拆穿他都懒得做。

她理智淡定，原则至上，别人离开她，她不挽留不纠缠，明明白白告诉你，当初是你要分开，分开就分开，离开了就别再回来。

但这次，她亲手打破了自己的原则。

为什么呢？

大抵是因为如今一颗真心守十年的傻瓜不太容易找，因为凤凰清晨的那一束鲜花触动了她的心，因为默默为解开她和母亲之间矛盾而来回奔波的他太让人感动，因为他宽厚的肩膀和温暖的胸膛让人安心。

因为他的喜欢，认真且屃，从一而终，姿态笨拙，却很温柔……

理智让董西算了，但回忆里关于柏松南的一点一滴都让她不安生，她整个人好像被劈成了两半，一半照常工作生活，另一半则疯狂地撕扯自己，想要去见柏松南。

最后，这一半赢了。

她伸手把手中的玫瑰往前递了递，然而花却并没有被接过去。

董西把头转回来。

然后，她就看见，高大的男人垂着头，一滴泪珠掉落下来。

"你怎么了？你……哭了？"

她凑近了去看，柏松南躲避她灼灼的视线。

董西忍俊不禁，突然觉得没什么丢人的了，因为柏松南也比她强不到哪里去。

她把玫瑰花强制性地往他怀中一塞，笑问："哭什么？"

柏松南语无伦次道："我……我……我不知道我……"

他也不知道自己要表达什么，这失而复得的欣喜已经快要将他淹没。董西竟然还肯搭理他这件事，已经让他觉得自己简直是三生有幸，同时还有点后悔，求复合这样的事情怎么能让董西一个女孩儿来做，他恨不得敲敲自己的脑袋，看看里面是不是水灌多了。

他脑里乱七八糟一大堆想法，最后汇成一句："你不是说我们没有可能了吗？"

开水这么多，他偏偏就提起了没开的那一壶。

董西："……"

这些年，他真的是在凭自己的实力保持单身！

她去抢他怀中那捧花，微笑道："也是，那我还是回去吧。"

柏松南抱着花左闪右避。

"不不不！我错了错了，我的意思是，"董西被他反剪双手抱在怀中，他看着她的眼睛说道，"你能来，真的是太好了。"

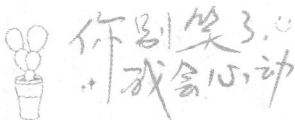

董西不再挣扎，两个人紧紧地抱在一起，就在两人的脸靠得越来越近的时候，房子里突然传来一道稚嫩的童声。

"妈妈，我们到底什么时候能出去呀？"

"什么人！"柏松南怒喝一声，转身向后望去。

赵敏敏和魏行止抱着自家儿子尴尬地从沙发背后站起来。

魏喂喂手里抱着个"B"字形气球，还被他老母亲紧紧地捂住了嘴，满脸惊恐。

毫无疑问，刚刚那句话，正是他说的。

柏松南头疼道："你们怎么在……"

剩下的半句话，被淹没在了震惊里，因为他看到他家柜子里、沙发后、桌子下陆陆续续像地缚灵似的，爬出来许多人。

柏松南："……"

董西："……"

童华顺第一个站出来表忠心："老大，你放心，我们绝对没有听到你哭了。"

他这句话就像一根导火线，接着一群人又七嘴八舌地说道："对对对！我们什么都没有看到！"

眼看着柏松南的脸色越来越黑，江山赶紧拉响了手中的礼花筒，"嘭"的一声，彩带天女散花般散落下来。

"南哥，生日快乐！"

其他人也拉响了手中的礼花筒。

"哥，生日快乐！"

"大哥生日快乐！岁岁有今朝啊！"

"南哥生日快乐！祝你和嫂子长长久久哈！"

"生日快乐！"

……

每个人脸上都洋溢着微笑，真诚地祝福他生日快乐，柏松南握紧了身旁董西的手，心中一股暖流经过，嘴上却口是心非道："一群傻子。"

董西晃了晃他的手，他侧过头来，柔声问道："怎么了？"

董西冲他露出一个笑："柏松南，生日快乐！"

柏松南看着董西，忽然觉得，这是他三十年来，过得最快乐的一个生日。

幸福到极致，他却突然想起所有过去经历的那些苦痛，早年丧母、四处躲债、和柏光耀的逃亡、冬夜里带着悲痛的奔跑、五年不见天日的打黑工生涯、陈家母子的叱骂、陈棋带着恨意的一刀……

所有他背负的苦难，原来都是为了等候此刻的甘来。

此刻，有鲜花美酒，有朋友爱人，有明天，有希望。

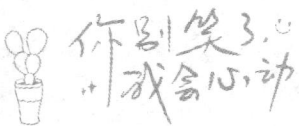

4

宽阔的公路上，两侧是一眼看不到尽头的红色荒漠，公路中间行驶着一辆吉普车。

这里是美国加州。

董西坐在副驾驶上，车窗半开着，把她的长发吹得凌乱，她随手压了压。

时间临近黄昏，天际一轮巨大的红日西沉，残阳如血，半边天空都红彤彤的，像要燃烧起来。

董西要司机先停一下车，然后举起手中的相机，按下快门，把这幅夕阳西下的美景照了下来。

照完后，她打开相册看刚刚拍的照片。

照片拍得很好，不用修图，就是一幅构图完美、色彩饱和的佳作。

她曾看过无数的日落，也曾躺在帐篷里，等候过无数的日落，这不是最美的一次。但董西看着那张照片，突然就觉得应该也要让柏松南来看一看。

她清楚地认识到自己和以前有什么不一样了。

从前她满世界乱跑，那时候的她有家人恋人和朋友，但她不会心存牵挂，走到哪里就是哪里。可现在她出来拍片时，动不动就会想起柏松南来，吃某一道菜时，会想到柏松南可能会喜欢这味道，看到什么美景时，也会想要拍给他一起共享。

柏松南就好像被她藏在心脏的一个角落，时不时拿出来瞧一瞧，还没反应过来，嘴角已经下意识带了笑容。

车内放着轻快的南美小调，皮肤黝黑的司机情不自禁地哼唱起来，董西面带微笑，突然想回国，回到那个人身边。

她掏出手机，破天荒地发送了一条消息：

"明天回国。"

那头很快回复，像是一直在等待她的消息：

"好，我去接你。"

宽敞明亮的机场内，董西低头看着手机，上面播放着一段视频。

视频内容是新锐总裁、可可西里创始人柏松南的一段访谈。

柏松南穿着一身质地精良的灰色西装，微笑着回答主持人道："对，版权的事确实是我考虑不周，现在我们已经注册商标，也希望大家引以为戒，加强商标注册意识。"

主持人问："据我们所知，柏先生今年才三十岁，作为一个成功人士来说，这年纪算是非常轻了。不知柏先生对那些正在创业的年轻人有什么指教呢？"

柏松南道："指教不敢，一点拙见，要有富有远见的头脑和肯踏

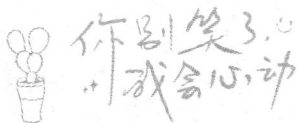

实做事的决心，一次失败别放弃，如果一直失败，就……"

主持人谦虚问道："就怎样呢？"

"就趁早收手，回家老实上班。世上无难事，只要肯放弃。"

主持人："……"

董西大笑。

主持人："那最后我们再问一个八卦的问题，众所周知，可可西里是一家主打初恋文化的饮品店。请问柏先生，'风在可可西里，而你在我心里'这句宣传标语背后，有什么渊源呢？"

柏松南的神色温柔下来："可可西里是她想要去的地方。"

主持人的表情兴奋了起来："她？柏先生说的'她'，是不是就是可可西里的缪斯，柏先生您的初恋呢？"

"对。"

"那她现在？"

柏松南微扬嘴角，笑了笑，他的眼底带着些微矜傲和小甜蜜。

"成了我的爱人。"

他拿着话筒，对着镜头说道。

"西西！"

董西的注意力被一声叫喊吸引了过去，柏松南站在不远处，冲她招手。

　　她收起手机，拖着行李箱，一路飞奔进他的怀里。

　　她终于明白过来，自己哪里不一样了。

　　她多了一样东西——归属感。

　　就像一只飘飘荡荡的风筝，有了那一根被人执在手心的线。

　　曾经的董西，向往四海为家，仗剑走天涯，现在她恍然大悟，其实不必寻寻觅觅自己向往的理想之地。

　　因为，此心安处，即是吾乡。

- 全文完 -

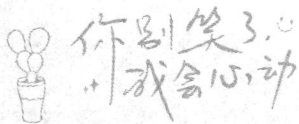

「番外一 ♥

初遇·
　　柏松南爱董西，只有他自己知道」

柏松南第一次见到董西，是在一条幽窄的巷子里。童华顺那几天一直在嚷嚷着自己看上了隔壁龙池高中的一个妹子，妹子娃娃脸大眼睛，稍微一逗就脸红，很快就虏获了童华顺的一颗少男芳心，在一个晴朗的周五，他决定去向妹子表白。

柏松南本没打算来瞧这个热闹，但耐不住职中柏大佬是个远近闻名的饕餮，平素就贪口吃的，而那些美食苍蝇馆，又喜欢开在那些犄角旮旯里，他和江山不过是放学了去巷子里吃个串串，就碰上了童华顺一群人。

之所以说是一群人，是因为童华顺这人委实是朵奇葩，告个白还带了一大帮兄弟去助阵，把人家妹子一路从龙池校门拐到小巷里。职中那群乡村非主流青年，黄毛离子烫，腰间还缠着骷髅头链子，瘦得跟个竹竿似的胳膊上还贴着青龙白虎，五毛一张，买五张送一张。

这阵仗，哪里是去告白，说是打劫都不为过。

果不其然，娃娃脸妹子被他吓得小腿肚都在打战，苦着脸，要哭不哭的样子，颤颤巍巍地说："我……我……没钱。"

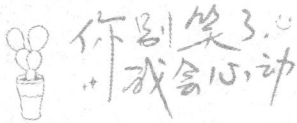

你别笑了，我会心动

童华顺也没预料到自己明明是来告白的，怎么就让她误会了自己是来打劫的了，赤红着一张脸说："谁要你的钱啊？"

妹子越发害怕起来，取下自己的双肩背包，取出其中的小黄鸭零钱包，抽抽噎噎地翻出两百块钱，朝童华顺一递。

"好吧，这是我买周边的钱，给你好了，你让我回家。"

身边江山"扑哧"一笑，摇摇头说："南哥，这同花顺不行啊，跟着你还越混越回去了，抢人妹子的钱。"

柏松南站在一边不置可否，只觉得挺无聊的，正想转身回店里，却突然听见一阵脚步声传来。

他耳朵灵，只听见那脚步声轻盈有力，不疾不徐，顺着墙角传来。

哒哒哒。

不出片刻，一个短发的清丽女生就出现在墙角拐角处。

这女生头发极短，只到耳际，比那群杀马特青年的头发都要短，她个子又高，瘦条条的，穿着龙池那男女同款的校服，一时还真让人分不出性别，还以为是一个俊秀白净的少年。

直到她突然开口说："贺维，你在这儿做什么？"

嗓音清脆，柏松南心道，原来是个女生。

叫贺维的女孩子见了她，就像是被欺负的小鸡崽终于找到了自家老母鸡，欲哭无泪道："我在被打劫。"

童华顺那一帮兄弟瞬间大笑起来，他被笑得恼羞成怒，将钱推回贺维怀里，气急败坏道："谁打劫你？你以为我是看上你的钱了？我是看上你的人了！"

贺维被惊得瞪大了眼睛，一颗硕大的眼泪就顺着眼眶掉了下来，她没想到原来这群流里流气的痞子不是来劫她财的，而是来劫她色的！

"你们……你……不要……不要脸！"

这位女同学平时是个五讲四美的有为青年，会的脏话不多，也就"不要脸"一句。他们一群人听她在嘴里翻来倒去地来回骂了十遍八遍的，到最后都听得满头黑线。

短发女生首先听不下去了，把女孩儿往自己身后一扯，贺维委屈巴巴地叫她："董西。"

柏松南这才知道她的名字。

这场剑走偏锋的告白，最后还是演变为了一场掐架。那个叫董西的女生，先是客客气气地跟一群文盲科普了一遍未成年犯罪法，在发现基本等同于鸡同鸭讲之后，把背着的书包往贺维怀里一扔，撸起袖子就冲了上去，招式利落，身姿灵巧，打不过了也不轴，牵起贺维的手就跑路。

现在想来，这场初见实在太让人印象深刻，就算董西始终未能瞧见站在暗处的柏松南，柏松南却连董西打架时额前刘海翻飞的弧度都还清楚地记得。

留着及耳短发的女生英姿飒爽，弯弯的眉，细细的眼，清汤寡水一张脸，不知道怎么就让他惦念了那么多年。

柏松南在脏乱幽深的巷子里对董西一见钟情，之后又去龙池校门守株待兔，风里雨里地蹲她。董西是住校生，一日三餐都在学校里解决，只有周五放学了才会出来加个餐。他一开始不知道，后来蹲守的次数多了才找准这个规律，十次里有五次是能见着董西的。

有时董西拿着杯奶茶站在公交亭前等车，也许是吸管被珍珠椰果什么的堵住了，她吸了半天没吸起来，也不去搅动一下，只是倔强地咬着吸管继续吸，吸得脸颊深深向内凹起，一张水润的小嘴噘成鱼嘴形，唯独一双眸子还无波无澜的，像是全然没有意识到自己此时有多么可爱。

柏松南有时候光是看着她，就能把自己乐得笑出声来。

不过他也只是隔着条马路远远地望上她一眼而已，谁能知道传闻谈过的女友能组一个加强连的职中柏大佬，其实是个不敢和心仪的女孩子搭讪的弱鸡呢？

那时候流行一种文体，说的是"某某爱某某，全世界都知道"，如果套用这句话的话，那柏松南就是他爱董西，只有他自己知道。连玩得好的童华顺和江山都不知道这件事，唯一知道点儿什么的，那就只有他在龙池高中认的一个妹子——赵敏敏。

这丫头是个鬼灵精，数学题做不出来，自己的感情也是一笔糊涂账，唯独在嗅到别人的奸情上面是一把好手。他去龙池高中的次数多，自然会碰上她。

有一次，赵敏敏轻手轻脚地走到柏松南旁边，他当时正在看董西，完全没有注意到。

赵敏敏托着小下巴笑吟吟地在他耳边说："你喜欢她啊？"

一句话宛若平地一声惊雷，差点儿没把柏松南吓得从椅子上摔下去。等看清了来人是赵敏敏后，他没好气地把她的脑袋往旁边一推，不耐烦道："滚滚滚，一边儿去。"

好在赵敏敏大人有大量，不仅没和他一般计较，第二天还颇有效率地拿到了董西的手机号码。

她捏着那一张记着号码的小字条在他眼前晃来晃去，十分诚实地道："哥，我觉得你没戏，董西学姐是我们学校出了名的冰美人，追她的人能从南门排到北门去，也没见她答应过谁。而且她可是著名的学霸、考神，每次月考我们都要去拜拜的那种。"

赵敏敏眨着波光粼粼的大眼睛发出灵魂拷问："你一个职业中专，

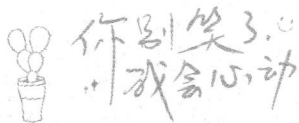

你说你俩合适吗？”

柏松南一把抢过她手中的字条，她还在后面喊："记得请我喝一个月的奶茶！"

他摆了摆手，也不知道是在说自己知道了，还是说滚犊子。

董西这串电话号码，在他的手心里，一捏就是十年。到后面，十一个数字他已经烂熟于心，手指像是有记忆，自动就能拨出这个号码，拼音输入法里，别人率先弹出来的是"东西"，而他的总是"董西"。一条短信总是编了又删，删了又编，最终一个字也没能发出去。

这在后来漫长的时光里，成了他此生最后悔的一件事。

KEKEXILI

POST

「 番外二 ❤

结婚·
爱你这件事, 不是十年, 是一辈子 」

"啪嗒！"

啤酒的拉环一打开，马上发出"咕嘟咕嘟"的气泡声响，贺维盘腿坐在床上，赶紧喝了一大口。

"爽！"

她就着酒又吃了几颗爆米花。

董西拿着一罐酸奶，面无表情地看着她。

贺维道："看什么？你不能吃，你可是明天要穿婚纱的女人，要保持完美身形，吃这些会水肿的。"

董西："你不也要穿伴娘服？"

贺维摆手笑道："哎呀哎呀，明天你才是主角嘛。再说了，像姐这种颜值，随便打扮一下就艳光四射，那不就抢了你的风头吗？西西，我这可是在为你牺牲，你感不感动？"

董西自然不会回答她这种无厘头的问题。

贺维往董西身上一靠，怅然道："转眼我就和你认识十多年了，西西，读书的时候，你谁也不爱搭理，那时候，我觉得你就像住在月亮上的女神，神圣不可侵犯，和你说一句话都是在玷污你。"

董西的重点严重偏离："你是说我是嫦娥吗？"

贺维啐道："呸！你就不能想成是阿尔忒弥斯？平时能不能读点儿书？

"人家月神倡导自由独立，鄙视男女婚姻，宣誓做一辈子处女，你倒好，明明说好一起做单身狗，你却偷偷脱了单，连求婚都是自己求的，狗子，你变了，你再也不是从前那条英俊潇洒的狗了。"

贺维知道董西向柏松南求复合这件事还是在柏松南生日后的第二天。

当时她正在直播，喝水时，董西一条微信发到她手机上，她一口水对着显示器就喷了过去。导致那天她在微博热搜榜上挂了整整一天，名字还分外羞耻，叫"禾微对镜喷水"，除此之外她还多了个"活体喷泉"的雅号，那一幕还被制作成了无数惨不忍睹的动图和表情包。

一想起这件事，贺维就气得一口银牙都要咬碎。

求婚这件事就更让她怀疑这个世界很玄幻。

董西是什么人？是张口闭口就是求独立、求自由的新新女性，恐婚恐育晚期患者，如果你跟她说一声"结婚"，她会恨不得坐上火箭逃到月球去。

这么一个放纵不羁爱自由的人，居然会主动求婚？

据柏松南描述，那是在她从加州出差回来，他把她从机场接回来

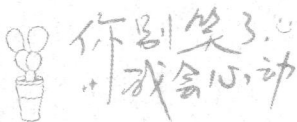

的路上。她坐在副驾驶，看着窗外的晚霞，轻描淡写地说了一句"结婚吧"。

那一天，车技高超的柏松南，成功地将车开到了护栏上。

贺维觉得匪夷所思。

"你到底是为什么想不开，要跳进婚姻的坟墓啊？"

董西摸了摸她的头，宛若一个慈祥的老母亲："你以后会懂的。"

贺维鼓了鼓嘴，没好气地打开董西的手："瞧不起我们单身狗啊！"

"你可以不单身啊，追你的人那么多，身边不就有一个？"

贺维笑："你是指童华顺？"

董西不置可否。

贺维换了个姿势，仰躺在董西的腿上，自己高高跷着二郎腿。

"我们是不可能的啦，西西。"

董西问："为什么？"

贺维认真地向她解释："嗯……怎么说呢？人和人之间啊，其实有一种电流。你碰到一个人呢，如果会感受到身体一阵电流传过的话，就说明那个人是正确的人，而我对他呢，没有这种触电的感觉。"

董西不喜干涉旁人的事，但还是忍不住告诉贺维："他挺喜欢你的，高中那会儿还堵过你，想和你告白来着。"

贺维看了董西一眼。

　　"我知道，你以为我不知道吗？我和他认识之后他就把这件事告诉我了，后来我自己也想起来了。想当初我和你熟起来，还是因为这件事呢。"

　　"那你……就不觉得感动？一个人喜欢你这么久。"

　　贺维大笑："你是不是以为他从高中一直喜欢我到现在？哈哈哈哈哈！"

　　不用董西回答，她脸上的表情已经告诉了贺维答案。

　　贺维道："不是的，西西，他高中时确实对我有点意思，可后来这点意思就随着时间淡了。过了十年，他再见到我，正好大家又都是单身，我长得也不难看，所以他才会再追我，并不是他喜欢了我十年，这些年里同花顺也交过不少女朋友啊。

　　"我们都说开了，他自己其实也知道不是那么喜欢我啦，只是寂寞而已。"

　　董西迟疑道："那明天婚礼，你们见面后，会不会觉得尴尬？"

　　"嗯？要尴尬怎么办？你要让南哥把童华顺赶出去吗？"

　　董西道："这倒不会，就是取消婚礼而已。"

　　贺维一愣，笑到捶床："哈哈哈哈哈哈哈，西西，你真的是，一如既往地爱说冷笑话。"

　　好不容易笑完，贺维揉着笑到酸痛的脸颊道："这个世界上哪能

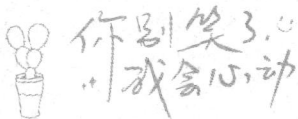

随随便便就碰上南哥这样痴情的人啊！这样的男人就是打着灯笼都难找，应该列入世界保护遗产，死了做成化石放博物馆供万人瞻仰。哎，我在这大喜日子讲这些会不会不太好，呸呸呸，我自罚一杯哈。"说完就仰着脖子咕咚咕咚灌下好几口。

董西劝道："别喝了。"

贺维道："没事儿，这点酒还醉不倒我。"

董西解释道："不是，主要是明天你得替我挡酒，我怕你喝不下。"

贺维："……"

我真是谢谢你的关心哦。

她把啤酒往桌上一放，扯过被子将两人盖上。

"睡睡睡，单身告别会到此结束，我们西西要睡个美容养颜觉，明天做个漂亮的新娘子，爸爸要捧着你的婚纱，风风光光把你嫁出去。"

董西的手机屏幕亮起，是柏松南给她发来了信息。

贺维一把抢过董西的手机。

"别看别看，以后你就不是爸爸的乖女儿了，今天晚上你是我一个人的。"

她牢牢抱住董西的腰，又将腿放在董西的身上，头靠在董西的颈窝里，抽着鼻子小声道："西西，我永远都记得那个周五的下午，我又急又害怕，哭得像个傻子，而你突然出现。那时候，我多怕你就这样走掉啊，我当时又丑又胖，在班里就是个小透明，我甚至怀疑你认都不认识我，结果你像救世主一样站到了我的身前，还叫出了我的名字。"

"那时候啊，"贺维微笑道，"我就知道你是一个很温暖的人。"

清冷的外表下，却有一颗温暖的心。

董西拍拍她的头。

贺维渐渐来了困意，说话的声音越来越小，也含混不清。

董西听见她咕哝道："西西，你一定会非常、非常幸福的……"

董西莞尔一笑，为贺维掖了掖被子，点开手机，看见柏松南发给她的微信。

是一张图片，照片里是他躺在床上准备睡觉的样子。

同花顺那帮兄弟本来想要给他开场热闹的单身告别会，结果拽他裤脚都没能把他拉到酒吧，因为他不知哪里来的担心，生怕自己被灌醉，错过第二天的婚礼。因此他拒绝了一切社交，把自己锁在家里，怕同花顺他们来闹，甚至还更换了家里的密码。

柏松南："我睡觉了，宝贝你也早点睡。"

柏松南："有点紧张，可能会睡不着。"

之后又是一大串絮絮叨叨，董西难得有耐心地看到了最后。

柏松南："虽然不说你也知道……嗯，总之，亲爱的，我爱你，

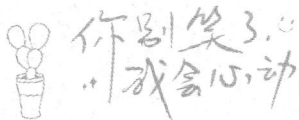

之前爱了你十年，现在加上我的下半辈子。"

她忍不住弯了弯嘴角。

贺维问她为什么选择结婚。

其实答案多么简单，她依旧讨厌婚姻，以及任何形式的束缚，如果换作是其他人，那么婚姻对她而言，依旧是牢笼，是坟墓，是让她喘不过气的所在。

但对象是柏松南的话，那么婚姻于她而言，就成了归宿。

黑暗中，她郑重其事地在手机上敲下几个字，发送过去：

"我也爱你，好梦，亲爱的。"

「番外三 ♥

婚后生活·
青梅竹马两小只 」

1

　　柏松南和董西结婚三年后，在他三十三岁那一年，董西送了他一件珍贵的礼物。

　　她送了他一个女儿。

　　粉粉小小的一团被护士塞到他臂弯里时，他一个大男人忍不住泪流满面。

　　他跪在董西的病床边，发誓自己要守护她们母女一辈子。

　　董西只笑着摸了摸他粗硬的短发，就沉沉睡了过去。

　　小女儿取名为"柏然"，长得很像董西，是柏松南捧在手心的一颗小珠子。

　　为了陪伴她长大，他渐渐从可可西里退出，只在幕后管理经营，或研发新品，女儿从牙牙学语到踉踉跄跄学步，都是他手把手地教会。

　　董西依旧满世界地忙碌，大多时候，是柏松南指着董西的照片，一字一句地教柏然叫"妈妈"。

　　小柏然很聪明，红润润的小嘴不久就能字正腔圆地说出"妈妈"

两个字。

但等董西一回家，女儿就缩在柏松南的怀里，糖果都不能引诱她叫出早就学会了的"妈妈"。

自那天起，董西开始有意识地将工作转移到Z市，比较少接旅拍了。

董西留在家里的时间更多，女儿也与她越来越熟，很多次出去玩都不要爸爸抱，要妈妈抱了。

晚上睡觉时，柏松南抱着董西，问她会不会厌倦这样的生活。

董西知道他开始不安，转了个身，趴在他怀里，认真地回答道："我也以为我会厌倦，但是，时间过了这么久，我只觉得幸福。"

柏松南把她抱得更紧。

不管如何，只要他怀中的女人，觉得幸福，就可以了。

柏然越长越大，性格就开始明显起来，她既不像董西，也不像柏松南。一个被当成公主养大的女孩子，却并未按照柏松南的预想成为一个知书达理、安静斯文的淑女，反而小小年纪就特别混账，方圆十里的小孩儿都不爱和她玩，柏松南甚至还收到过多家投诉，大爷大妈领着自家抽抽噎噎的孙子上门来告状，说柏家女儿又怎么打了自家乖孙。

柏松南虽宠爱柏然，但并不溺爱她，该讲道理讲道理，该罚就罚。

小小的柏然被他罚贴墙角站立，时间长了脚趾像一万只蚂蚁啃噬

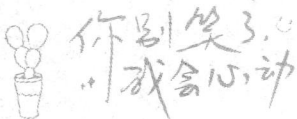

一样，疼得钻心。可她含着泡泪水也拒不求饶，嘴里还顶撞道："就不道歉！他答应了我不告诉他奶奶，他还说！他就是个撒谎精！"

还有理有据，柏松南简直要被她气笑了，正不知拿她怎么办才好的时候，董西回来了。

见到这番景象，董西轻飘飘地问："怎么又罚站？这次犯了什么错？"

此话一出，刚刚还满脸倔强、表情坚毅得宛若战士的柏然立马怂了，脸不红气不喘地对柏松南说："爸爸我错了，我明天就去道歉，你千万不要和妈妈说，爸爸我爱你。"

柏松南："……"

天不怕地不怕的柏然，独独怕董西。

2

柏然四处闯祸的行径终于终结在一个英雄的手上。

这个英雄便是魏喂喂。

魏喂喂大名魏庭潇，这一年，他十一岁。

十一岁的他，在父亲的影响下，画画已经学得似模似样，人也长得俊秀出挑，还很懂礼貌。

在一个炎炎夏日，他穿着白 T 恤短裤，敲开柏家的门，却意外没看到人，视线往下移，才看到踩在小板凳上的柏然。

他蹲下身摸她头顶细软的发丝，微笑着问道："小柏然，你爸爸妈妈呢？"

柏然人小不记事儿，多日没见到他，早就把他当成了陌生人，一把挥开他的手，气势汹汹地问："哪个是谁？"

她年龄太小，句子还组织不来，一句质问颠三倒四，毫无震慑效果。

魏庭潇哭笑不得。

后来等董西和柏松南回来，才知道雇来的钟点工不尽职，在客房里午睡，睡了三四个钟头，如果不是魏庭潇来了，小柏然正准备拿着打火机去点燃气灶。

柏松南吓出一身冷汗，连忙把钟点工给辞退了，又板着一张脸严肃地教育女儿。

他板起脸来极有威严，连魏庭潇都觉得有些怵，小柏然却一点也不害怕，睁着眼睛说道："爸爸，我吃饱了。"

柏松南的气势顿时弱了下来，着急地走进厨房，还说道："乖宝饿了是吧，爸爸这就给你做饭饭。"

魏庭潇这才知道，小柏然跟他说了一下午的"哥哥，我吃饱了"，原来并不是在说她饱了，而是说她饿了，他还纳闷儿她吃什么了一直说自己吃饱了。

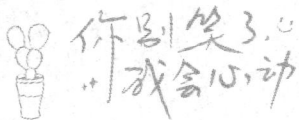

你别笑了。
我会心动

少年觉得有些不好意思，耳朵尖都羞红了。

一旁的董西问他："小庭潇，今天怎么过来这边呢？"

魏庭潇这才想起自己的来意，礼貌道："舅妈，我妈妈叫我来跟您学摄影，她说，我爸爸的摄影技术不太行。"

其实赵敏敏的原话是："儿啊，你爸那只蠢猪把你妈拍得丑死了，妈对他是没指望了，你舅妈拍照好看，你去和她学习一下。"

魏庭潇小小年纪，已经学会了如何在外面为他爸爸保存颜面。

就这样，魏庭潇在柏家，风雨无阻地学了一个暑假的摄影。

这个暑假里，柏然也安安分分地待在家，再没出去祸害过其他小孩儿。

因为家里就有个好欺负又不会告状的倒霉蛋呀。

倒霉蛋魏庭潇每天神采奕奕地来，灰头土脸地回去。

董西愧疚又赧然，问赵敏敏："要不让庭潇别学了，我看他学得也可以了，我家那混账……"

赵敏敏大方道："嗨，没事儿！男孩子嘛，要磨炼。"

直到很多年后，董西明白那天的赵敏敏，为什么那么大方不计较。

因为那时候，她家那儿子，闷声不吭干大事，胆大包天地拐走了自家的宝贝女儿。

本书由呦呦鹿鸣委托长沙大鱼文化传媒有限公司正式授权花山文艺出版社，在中国大陆地区独家出版中文简体版本。未经书面同意，本书的任何部分不得以图表、电子、影印、缩拍、录音和其他手段进行复制和转载，违者必究。

图书在版编目（CIP）数据

你别笑了，我会心动 / 呦呦鹿鸣著. -- 石家庄：
花山文艺出版社，2020.7
ISBN 978-7-5511-5175-7

Ⅰ. ①你… Ⅱ. ①呦… Ⅲ. ①长篇小说－中国－当代
Ⅳ. ①I247.5

中国版本图书馆CIP数据核字（2020）第085210号

书　　　名：你别笑了，我会心动
　　　　　　NIBIEXIAOLE,WOHUIXINDONG
著　　　者：呦呦鹿鸣
统筹策划：张采鑫
特约编辑：雪　人　廖唯佳
责任编辑：于怀新　张凤奇
美术编辑：胡彤亮
责任校对：郝卫国
装帧设计：何云云　Cain酱
封面绘制：阿珝axu
出版发行：花山文艺出版社（邮政编码：050061）
　　　　　　（河北省石家庄市友谊北大街330号）
销售热线：0311-88643221/29/35/26
传　　真：0311-88643225
印　　刷：长沙鸿发印务实业有限公司
经　　销：新华书店
开　　本：880×1230　　1/32
印　　张：9.125
字　　数：184千字
版　　次：2020年7月第1版
　　　　　　2020年7月第1次印刷
书　　号：ISBN 978-7-5511-5175-7
定　　价：39.80元

（版权所有　翻印必究·印装有误　负责调换）